辣腕上司の極上包囲網

失恋したての部下は、一夜の過ちを
ネタに脅され逃げられません。

目次

辣腕上司の極上包囲網

失恋したての部下は、一夜の過ちをネタに脅され逃げられません。

プロローグ

「和泉《いずみ》さん、試作品のアンケート結果、どうなっている？」

席で別の仕事をしていた和泉紗那《さな》は書類を持って、商品企画室長の渡辺隆史《わたなべたかふみ》の席に向かう。

「データ、先ほどまとめ終わりました。確認いただいて問題なければ、週明けの会議の資料は今日中に準備します」

そう言って報告書を渡すと、隆史はメールを打っていた手を止める。ちらりと紗那の服装を見て、何か言いたそうに一瞬眉根を寄せた。

（な、なに？）

思わず身構えてしまう。今日は金曜日でこのあとデートの予定があるので、いつもより少しだけ華やかなワンピースを身につけているのだ。

だが当然のことながら紗那の服装について何か言われることはなく、隆史は紗那が用意した資料に目を通す。紗那は祈るような思いで、書類のチェックをする隆史の表情を観察している。

（室長、お願いだから、今日だけはややこしい指摘をしないでっ）

紗那が勤めているのはミナミ冷凍食品という食品メーカーだ。両親共働きの家で育ち、幼い頃から、妹と弟のお腹が空《す》けば冷凍食品で自分も含め三人分のお腹を満たすという生活をしていた紗那は、子どもでも安全・簡単に作れて、美味しい冷凍食品を生み出したいという夢を持ってミナミ冷凍食品に就職した。

念願叶って三年前から商品企画室で勤務している。隆史は若くしてその商品企画室の室長になった辣腕《らつわん》上司で、チェックは厳しい。

「和泉さん。ちょっといいかな。ここ、数字が入れ替わっているようなので確認して修正を。あとこっちは数値を可視化したほうが説得力が増すので、グラフを挿入してください。ああ……過年度での数値の変移を確認するために、過去のデータの追加も必要ですね」

短時間で書類にすべて目を通したらしい。他にもいくつか細かい点を指摘されたが、思ったほどややこしい修正がなくて、ホッとした紗那はぺこりと頭を下げる。

（この程度で終わって良かった……）

隆史は、親会社であるミナミ食品から冷凍食品部門の強化のため、子会社であるミナミ冷凍食品に出向してきている。人当《あ》たりが良く穏やかだが、仕事が関わると非常にシビアで、そのお眼鏡にかなわない書類は即刻突き返されるし、企画書は微細でも穴があれば突っ込まれる。

隆史が商品企画室長になった二年前には、まだ三十歳を超えたばかりという若さに、ベテラン社員を中心にあちこちから異論が出た。

だが最初に立ち上げた企画『贅沢《ぜいたく》チルド』シリーズは、冷凍食品ではなかなか実現できなかった本格的な味と高級志向のラインナップが好評で、ネットの口コミから火がつき、マスコミなどにも取り上げられる人気シリーズとなった。

現在『贅沢《ぜいたく》チルド』シリーズはミナミ冷凍食品の看板商品となり、今まで棚がなかった大手スーパーやデパートなどにも商品を納品できるようになった。結果として隆史は実力で社内の批判を封殺した形だ。

もちろん紗那も上司として、隆史のことは尊敬している。その分、彼の前ではミスがないように警戒して仕事をしているので、なんとかやりこなせているが、後輩の金谷里穂《かなやりほ》などは、ことあるごとにミスを指摘されている。手に負えなくなるとすぐに紗那に泣きついてくるため、紗那は自分の仕事以外でも仕方なく残業をする羽目になっている。

（まあ里穂ちゃんは書類作成とか、地味で面倒なことになると途端にいい加減だからな……）

だが妹弟がいる紗那は、甘え上手な里穂に懐かれると断れない。その調子で里穂は紗那以外にも周りに甘えまくっているが、何故か隆史のことだけは毛嫌いしており、普段から『うるさいオッサン』呼ばわりしている。

（渡辺室長には、里穂ちゃんの『愛嬌《あいきょう》でなんとか乗り切る』スタイルは通用しないっぽいからなあ……）

まあ入社二年目、二十代前半の里穂から見れば、十歳近く年上の隆史はオジサン枠なのかもしれない。けれど、二十八歳の紗那から見れば、隆史がオジサンと呼ばれるのは少し可哀想だと思う。というか、自分もあと二年で三十歳になるし、里穂のような子たちから、近いうちに『うるさいオバサン』などと呼ばれるようになるのかもしれない。

その前には結婚したいなあ、などと今日のデート相手の顔を思い浮かべながら、紗那は書類作成していいるらしい隆史の様子を見る。

隆史は一般的に見て、容貌が整っている。可愛い系の男性が好きな紗那からすると、クールでキリッとした顔立ちや、スッキリした目元はあまり好みではないものの、スタイルが良く、服装のセンスも良いし、鬼上司の顔を知らない企画室以外では、密かに『企画室のエース』に憧れている女性は多いようだ。

(ま、外面は良いもんねえ……)

だが企画室ではなかなか厳しい上司な上に、チェックされるミスも改善点も、毎回的確で、ぐうの音《ね》も出ないため、なおさら辛い。だが紗那のような愛想のない相手でも、里穂のような愛嬌《あいきょう》の塊《かたまり》のような女子でも、対応が平等なのはきっと美点なのだと思う。

戻された報告書をちらりと見る。グラフにするにはもう一度、データの見直しをしないといけないだろう。目の前の時計を見ると終業時間まであと二時間。

(まあ、ちょっと面倒ではあるけれど……)

就業時間中に書類を修正して隆史の了承を得て、週明けの会議に間に合わせなければ。紗那は小さく拳を握り、自分に気合いを入れる。

(よし頑張るぞ。今日は勇人《ゆうと》と久々のデートだから残業は絶対にしないもんね!)

一人で頷くと、紗那はデータを保存しているパソコン画面を開いた。

＊＊＊

なんとか仕事を時間内に終わらせたものの、退勤間際に隆史に声をかけられて、十分ほど遅れてしまった紗那は大慌てで喫茶店に飛び込む。

「ごめんね。会社を出る直前、ちょっと呼び止められちゃって……待った？」

田川《たがわ》勇人はそんな紗那を見上げて、複雑そうないつもと違う笑みを浮かべた。

よく待ち合わせに利用しているこの喫茶店はお互いの会社の中間地点となるビルの地下にある。普段から客が多くなく、それでいてコーヒーが美味しくて、ウッディなイメージで統一された落ち着いた店内は、二人のお気に入りの場所だった。静かにかかるジャズの音楽を片耳で聞きつつ、紗那は遅れてしまったことをわびるように頭を下げた。

「……いやまあ、そんなに待ってないけどさ。……紗那は相変わらず忙しそうだね」

子犬のような可愛い顔立ちをしている勇人はそう言うと、不満げに鼻を鳴らす。付き合って三年になる彼と今日は一月《ひとつき》ぶりのデートだったのに、遅刻してしまった。

「ごめんなさい。金曜日だから、退社前に色々と声かけられちゃって。……勇人もこのところ忙しいみたいだったし。……ところでお母さんの体調はどう？」

一年付き合った後に同棲するようになって二年。一緒に生活していたから、お互い忙しくても顔を見ない日はなかったのだけれど、勇人の母親の体調が悪いということで、ここ一ヶ月半ほど彼は東京近郊の実家から仕事に通っており、顔を見るのも久しぶりだ。だが看病のために実家からの通勤をしているわりに彼は元気そうに見えた。

「うん、まあ……大分良くなってきたんじゃないかな」

「そう。それは良かったね」

お互いの両親に挨拶《あいさつ》を済ませているため、彼の母とも面識がある。優しそうな彼の母の顔を思い出し、ホッとして紗那が笑みを浮かべる。だが勇人は唇を引き締めたまま、何も言葉を発しなかった。

しばらくして店員がコーヒーを紗那の前に置いて立ち去ると、ようやく勇人は大きく息を吸って、それから決意を固めたように紗那の顔をまっすぐ見つめた。

「ずっと……話さなきゃ、って思ってたことがあって」

普段の軽い口調と打って変わった真剣な声でそう告げる。

(もしかして……改めてプロポーズ、とか?)

紗那は彼の不在の間、同棲している部屋に戻る度《たび》、勇人がいない寂しさを感じ、彼の存在の大きさを再確認していたところだった。だから勇人から、『話したいことがある』と今日呼び出された時、同棲して二年になったことだし、具体的に結婚の話になるのではと思い込んでいた。

「お互い忙しくて、このところすれ違いばっかりだったからさ……」

勇人はそう言いながら視線を紗那の頭の後ろ側にある柱時計に向ける。

「……なあに、どうしたの?」

そわそわして緊張している様子の勇人を勇気づけるように微笑んで、紗那は話の先を促《うなが》した。

「あのさ、紗那。――俺と別れてくれないか」

「……え？」

正式なプロポーズ待ちのつもりだった……それなのに。

(ちょ、ちょっと待って、今、この人なんて言った？)

プロポーズを期待していた心と、別れてくれという彼の言葉のギャップに瞬間、紗那の脳の活動が完全に止まってしまう。

(……今、別れてくれって……言われたんだよね)

数刻の間があって、ようやく紗那の脳に、彼の発言の意味が伝わってくる。驚きのあまり呆然と勇人を見ているると、彼は口火を切ったことでホッとしたのか、続けざまに口を開いた。

「ここ一ヶ月、紗那と離れたら凄い気分が楽になった。お前はいつも仕事最優先だし、一緒に住んでいてもあんまり家事もしてくれないしさ。俺、それがずっと嫌だったんだよね。結局俺は、自分のことを最優先にしてくれるタイプの女が好きなんだってよくわかった。お前といると、あれをしろ、これをしろとうるさくて自分の家なのに自由がなくて疲れるんだよ」

(どういうこと？　家事ってほとんど私が一人でしていたんだけど……)

彼の言っている意味がわからない。勇人がしていた家事なんて、せいぜい燃えるゴミの日に、マンションの集積場にゴミを出すのと、頼まれた買い物を帰りがけにするくらいだったはず。

「……じゃあそういうことで、今の部屋、再来月の更新前に契約終了にしたいから、来月いっぱいには荷物を始末してほしい」

「ちょ、ちょっと待ってよ」

慌てて彼の手を掴もうと手を伸ばす。だが、彼はその手を避けるようにして、そのまま席を立とうとした。三年も付き合ったのだ。当然、勇人の一方的な話に納得できない紗那は、二度目の挑戦でようやく彼の腕を掴んだ。

「それってどういうこと？　結婚する予定でお互いの家族にも挨拶《あいさつ》しているのに今更？」

「ああ、それもだ。……うちのお母さんはお前のこと、苦手なんだって。仕事最優先で家庭をないがしろにしそうなタイプは、良妻賢母のお母さんからすると気にくわなかったみたいだな。確かに言っていることは外れてなかったし」

「……はぁ？」

紗那にとって今の仕事は積年の夢を叶えて、ようやく掴み取ったものだ。それは勇人にも話していたし、一生涯、働き続けたいと結婚の話が出た時に伝えている。そのために結婚するなら家事育児にも協力してほしい、家事は半分手伝ってほしいと伝えていた。それだって家事は苦手だと言い訳をして、結局ほとんど手伝っていないのが現状だ。

「もしかして、お母さんがそう言ったから、私と別れるの？」

「それもあるけど、それだけじゃない。とにかく俺はお前とは別れたい」

それだけじゃない方の理由が気にかかるんだけど、と言おうとするが、勇人は紗那の顔を見ずに、またちらっと時計に目をやった。なんで時間を気にしているのか、と思いつつ、紗那は逃げようとする勇人の手をさらに強く押さえ込む。

「もうちょっと納得できるように説明してよ。家事分担が気にくわないのなら話し合えばいいじゃない。そうじゃなくてなんで、いきなり別れ話にするの？」

紗那が勇人の顔を見て、声を上げた瞬間、勇人は紗那の向こう、店の入り口の方へ視線を向け、あっ、という顔をした。慌てて紗那は後ろを振り向く。

「別れる理由。それはぁ……勇人くんが私のこと、好きになっちゃったからです～」

後ろからかけられた聞き覚えのある声に、紗那はその人の顔を見つめた。すると彼女は紗那の横をすり抜け、勇人の腕に縋《すが》りつく。改めてその人物を目の当《まあ》たりにして紗那は絶句してしまった。

「……里穂……ちゃん？」

勇人の隣に立ち、その腕に自らの腕を絡めて上目遣いで彼を見上げているのは、紗那の職場の後輩、金谷里穂だった。

「勇人くん、ちゃんと言ってくれました？　勇人くんは里穂と結婚を前提に付き合いたいから、紗那先輩と別れるんだ～って」

グロスを塗った艶々《つやつや》の唇を尖らせて、里穂は勇人の顔をじぃっと見つめている。パール味の強いインサイドアイライナーを入れて、うるうるの瞳に見せるんですぅ、と里穂がランチの時に紗那に話していたことをふと思い出す。

「り、里穂ちゃん。紗那と二人で話をするから待っててって言ったよね？」

「だってぇ。六時三十分には待ち合わせ場所に来るって言ったのに、勇人くん来ないから～」

それで時計をチラチラと見ていたわけだ。そもそも紗那との待ち合わせ時間が六時で、三十分弱で別れ話を済ませて、その後デートの予定を立てていた、ということかと紗那は理解する。すぅっと脳が冷えた気がした。

「金谷さん、貴女、私が勇人と結婚を前提に同棲しているって知っていたのに、ちょっかい出したの？」

普段は里穂ちゃんと呼んでいたが、もう親しげに名前を呼ぶ気にはなれない。

里穂と勇人の直接の接点はないはずだ。一度お邪魔したいとさんざん里穂にねだられて、紗那と勇人の住むマンションまで遊びに来た以外には。

（その一回で、連絡先でも交換したの？）

疑問が頭の中でぐるぐる回る。すると里穂は紗那の疑問がわかっていたかのように、嫌な感じの笑みを満面に浮かべて答えた。

「里穂が勇人くんにちょっかい出したわけじゃなくぅ、勇人くんが一度飲みに行こうって言うから。で。何回かデートしたらどうしてもエッチしたいって誘われて、『本当は里穂ちゃんみたいなタイプの女の子が好きなんだ～』って。……あんまりお願いされるから一回シたら、『紗那とは体の相性が最悪なんだ』って言うんですよ～。先輩、仕事はできるのに、エッチはすっごく下手《へた》なんですね」

めちゃめちゃ良い笑顔で職場の後輩にそんなことを言われて、紗那は頭が真っ白になって何も言い返せない。

「でね。一回里穂とシちゃったらぁ、勇人くんはエッチの下手《へた》な女とは結婚したくない、とか言い出して。でも里穂とちゃんと付き合いたいのなら、先輩とはちゃんと別れてねって言ったんです。当然ですよね～」

舌っ足らずの可愛らしい口調で言いたいことを言うと、里穂は絶句している紗那に向かって満面の笑みを浮かべた。

「紗那先輩。仕事がちょっとぐらいできても、彼氏に振られるとか、先輩も可哀想だな～って思ったんだけどぉ。でも勇人くんは、エッチが下手《へた》な女とは絶対別れるって言ってて。だから里穂のことがなくても、別れるつもりだって言うから」

『ねっ』と同意を求めるように勇人を上目遣いで見上げると、彼は余計な事ばかり言う里穂を止めるどころか、一瞬眦《まなじり》を下げて頷き、偉そうに言い放つ。

「まあ、エッチ云々《うんぬん》はともかく。お前が自分の仕事ばかり優先したから、気持ちが離れたってこと。もともとお前が俺の事を好きだって言うから付き合っただけだし。……まあ具体的な結婚話までは進んでなくて良かった。とりあえずあのマンションは来月末で俺、出るから。お前もさっさと荷物移動させろよ。……じゃあ、そういうことで！」

それだけ言うと、勇人は里穂を連れて店を出ていこうとする。だがわざわざ足を止めた里穂が振り向き、紗那の顔を見て、小馬鹿にするような笑みを浮かべた。

「先輩って、自分から勇人くんに告ったんですよね。里穂は勇人くんから告白されたんですよぉ。昔っから言うじゃないですか。恋愛は惚れた者の負けって」

「そんなあ。じゃあ俺が里穂ちゃんに負けたってこと？」

「ふふふ。どうだと思いますぅ？」

いちゃいちゃと会話を続ける二人は、ショックを受けている紗那の様子をちらちらと窺《うかが》いながら、底意地の悪い優越感に満ちた表情を浮かべている。

「もう。仕方ないなあ。いいよ、俺が里穂ちゃんに負けてあげる」

「勇人くん優しい♡　じゃあ、今日のディナーは勇人くんのおごりでね」

「もう、いつも俺がおごっているだろう？」

「うふふ、そうでしたぁ」

紗那があっけにとられている間に二人は紗那の存在を完全に無視して、さっさとその場からいなくなり、紗那は片手に持っていた冷めたコーヒーを無意識に飲み干す。そのまましばらく呆然としたあと、はっと目の前のオーダーの紙を見つめて、超現実的なことに気づいた。

「勇人……自分の飲んだコーヒー代すら払わずに行った……」

その瞬間、同棲していた婚約者に振られ、思い出の喫茶店に、一人置いていかれたことを理解する。

「……ってもう、元、婚約者……か。ホント…………最低」

ぐしゃりと髪をかき上げて、お腹の奥底から込み上げる毒を吐き出すように、深々と溜め息をつく。今自分に起きたことが現実だと信じたくない。だが、目の前に残された二人分のコーヒー代が書かれた伝票を見て、結婚を約束していた相手に他に好きな相手ができて振られたこと。しかもその相手が職場の後輩だったという衝撃の事実が、じわりと脳裏に染みてくる。

頭は冷たくて、何故か腹の中だけがグツグツと熱い。

（エッチが下手《へた》だと、なんだっていうのよ！）

「……情けなくて、涙も出やしない」

振られた理由がくだらなさすぎて、悲しさより怒りが込み上げてきて、紗那はようやく立ち上がることができた。

そうして潰しそうな勢いで伝票を握りしめ、そのまま喫茶店のレジに向かったのだった。

第一章　辛辣《しんらつ》上司の意外な横顔

とりあえず喫茶店を出て、道を歩きながら同期入社の親しい友人に電話をする。

「ねえ。京香《きょうか》、どうしても聞いてもらいたい話があるんだけど、これからちょっと付き合ってよ」

『……私、今帰社途中で、その後定例の部内の飲み会があるから無理なのよ。本当にごめん。週明けに必ず付き合うから！』

電話先の同僚、松岡《まつおか》京香は申し訳なさそうに言って、紗那の誘いを断る。

「……そか。わかった。じゃあ月曜日、時間空《あ》けてよ」

『了解。週明けにいつもの店の個室でランチ予約しておく。それで足りないようなら、夜も時間取れるように調整するから』

「ありがと。じゃあ仕事頑張ってね」

相手に気づかれないようにそっと溜め息をついて、紗那は頷いて電話を切った。

たとえ親しい友達でも、どうしても時間を割《さ》いてもらえないことはある。たとえそれが婚約者に振られた夜でも。

（仕事中に電話でそんなこと言ったら困らせるだけだしねえ。仕方ないか）

けれどあんな風に振られてしまい、勇人と過ごした家に戻る気も起こらず、紗那はそのまま一人で二軒ほど飲み歩いた。

（なぁにが、『エッチが下手《へた》だから』だ。そんなにエッチが大事かっ。……ちゃんと私と別れ話もせずに、二股みたいなことして。あんなに節操がないって知らなかった。あの女も、あれだけ私に仕事のミスを押しつけておいて図々《ずうずう》しい。……きっと、結婚する前にわかって良かったんだよね）

そんな風に自分に言い聞かせる。気づくと帰巣本能のように馴染《なじ》みのバーに足が向いていた。

駅を挟んで会社の反対側にあるその店では、会社の人間と鉢合わせしたことがない。そもそも繁華街から住宅街に入る手前にあって、目立たない店なのだ。大概の人はそんなところにバーがあるとは気づかないだろう。美味しいものに目がなくて、店探しを趣味にしている紗那が、会社周辺を探索して偶然見つけた、カウンターしかない小さな店だ。

「こんばんは。酔い覚ましに軽めなやつ、何か作って」

カランとドアベルの音を鳴らし、モノトーンのシックな内装で統一された店内に入り、カウンター前でシェーカーを振るバーテンに声をかける。ふらふらとした足取りでカウンター席に向かった。どうやら夜も遅いため、客は紗那以外には一人しかいないらしい。仕立ての良いシックなスーツの背中をちらりと見て、少し引っかかるものを感じながら、紗那はその客の一つ離れた席に座った。

「和泉さん？　こんなところで珍しいですね」

あまり話さないバーテンダーが小さく頷いて何かを作り始めたのと同時に、横あいから声をかけられて、紗那はハッと隣の男の顔を見上げた。

「……渡辺室長？」

思わず素《す》っ頓狂《とんきょう》な声を上げてしまった。

（会社の人が来ないからこの店の常連だったのに、なんでよりにもよって、この人がここにいるの？）

一つ空《あ》いた席の隣に座っていたのは、商品企画室長である渡辺隆史だ。

こんな時に直属の上司と会いたくはない。だが入店と共にカクテルをオーダー済みだったから、回れ右して帰るわけにもいかない。酔いを醒《さ》ましたら早々にここから退散しようと、そう思っていたのだけれど……


「そりゃ頭にくるな！　その女も大概だ」

「ですよね。私もさすがに切れました！　あんな男、こっちから捨ててやる！」

酔っ払うと隆史は砕けた口調になる。それにいつもに比べて饒舌《じょうぜつ》で、意外にも人の愚痴《ぐち》を聞くのが上手い。紗那は酔っ払った勢いのまま、勇人との出会いから、つい先ほどの別れまでの話を、隆史に滔々《とうとう》と語っていた。ただしエッチ云々《うんぬん》の話と、相手の女性の名前は伏せたままだ。一応同じ課内の人間だから余計な話をすれば、仕事にも支障が出るだろう。

「そんな不誠実な男、さっさと見限ってしまえ。別れて大正解だ」

「ですよねー。私も今、心からそう思ってます！」

そう勢い良く叫んだ後、それでも自然と漏《も》れてしまうのは溜め息だ。

「……ところで。渡辺室長自身は最近、どうなんですか？」

これ以上グチグチ言うのも嫌になり、話題を変えるため軽い気持ちで相手の状況について聞いてみる。

「…………」

だがその瞬間、隆史は黙り込んでしまった。軽い気持ちだったが、地雷だったのだろうかと、チラリと上司の表情を確認する。

「あの……」

「……最近、出ていかれたんだ……」

そう言うと、隆史はカウンターに肘をついたまま口元を手で覆い、深く溜め息をつく。伏せがちになった目を隠すように長い睫毛《まつげ》が影を落とす。

容姿が良いとは思っていたけれど、今までじっくりと見たことがなかった彼の、冷たい印象の目鼻立ちが、思っていた以上に整っていることに気づいてドキリとする。

「出ていかれたって……彼女に、ですか？」

「…………」

（こ、これ、思い切り地雷踏んじゃった？）

うっかり深掘りしたことを後悔する。

こんな時間まで飲んでいるのだ。紗那同様忘れたいことがあるのだろう。けれど仕事場では冷静で、冷淡な印象だった隆史だが、自分と同じように恋愛したり、落ち込んだりもするのだと、意外に思えてしまった。改めて近くで彼の顔をよく見ると、目の下に薄く墨を刷《は》いたような隈《くま》があった。

（もしかして、あんまり眠れていないのかな……）

仕事をしている時は、隙がないから全然そんなこと気づかなかった。そう考えながら彼の話に耳を傾ける。

「このところ忙しかったから、あんまり構ってやれなくて……三年も一緒にいたのに、突然出ていったきりだ……」

そう言うと、彼はグラスの酒をあおる。つられて紗那も目の前に出された軽めのカクテルを一気に飲み干してしまった。

「わかります。なんか空《むな》しいですよね。……そうです、そういう時は飲みましょう！　私も飲みますから。バーテンさん、私にバラライカください！」

酔いを醒《さ》ます予定が、追加でウォッカベースのカクテルをオーダーしていた。そんな紗那を見て、隆史も飲み倒そうと思ったのだろう。カクテルではなくてウイスキーのロックを頼む。

「では、今宵《こよい》の出会いに乾杯！」

会社での顔と全く違う、柔らかな表情で隆史がグラスを上げる。芝居がかった台詞《せりふ》に思わず笑いながら、紗那は隆史の琥珀色《こはくいろ》の液体が入ったグラスに、自分のカクテルグラスの縁《ふち》を合わせた。

「……すみませんが、そろそろウチの店、オーダーストップで……」

数杯飲んで酔いが本格的に回り、盛り上がってきたタイミングで、申し訳なさそうにバーテンダーが声をかけてきた。

オーナーの言葉に、テンションが上がった紗那と隆史は目線を合わせる。

「……じゃあ、ウチで飲み直すか？」

「そうですね。失恋した者同士仲良く飲みましょう！」

思いがけない誘いの言葉に、酔いで深く物事を考えられなくなっていた紗那は、満面の笑みで頷いたのだった。

＊＊＊

「う。頭……痛い……」

目を開けた瞬間、朝の光が目を射す。一瞬目を瞑《つぶ》ってから、朝日を警戒しつつ薄目を開ける。

（あれ……ここ、どこだ？）

だが目に飛び込んできたのは見知らぬ光景だ。白くて清潔な空間だけど、どこのホテルだろう。なんでこんなところに泊まったんだろう。……昨日の夜、何をしてたんだろう、と記憶を想起する。

（けど、なんかずいぶん固い枕だな……）

ホテルなら羽根枕じゃないのか、などと思いながら、寝返りを打とうとするとギシリ、と微かにベッドが軋《きし》む音がした。そろそろ朝日にも目が慣れただろうと、眉を顰《ひそ》めて時間をかけ完全に目を開く。

(——え?)

咄嗟《とっさ》に口に手を押しつけて、声を上げなかった自分を褒めてあげたい。

(ちょ、ちょっと待って……私、本当に昨日どうしたんだっけ?)

隣に男の人がいる。

しかもよく知っている人だ。ふと頭の中に昨日の振られたシーンが蘇《よみがえ》る。だが失恋のショックもどこかに飛んでいきそうだ。ベッドの隣どころか、ものすごい至近距離に服を着てない男性がいる。その上、職場でよく見知っている顔だ。けれど絶対にこんな位置関係で一緒のベッドに寝ているはずのない人。

(え、あの、ちょっと。これ……腕枕?)

妙に固い枕だと思っていたのは、男性の腕だという驚愕《きょうがく》の事実に気づく。

(ヤバイ……よくわからないけど、これ、絶対にヤバイ)

とにかく少し冷静に考えたいと、彼の腕の中から抜け出そうとして、次の瞬間、パチリと目を開けた男と視線が交わってしまった。

「あっ……の、そのっ」

何か言い訳をしなければ、と思った瞬間、腕枕の主、渡辺隆史は目を細めて朝の心地良い目覚めを堪能《たんのう》するかのように、伸びをした。

「あー。よく眠れた。やっぱり腕に重みがあると全然違うな」

その台詞《せりふ》に紗那は思わず目を瞬《しばたた》かせる。瞬間、頭の中に昨日の夜の会話が蘇《よみがえ》ってきた。

『そうなんだ。アイツにいつも腕枕をしてたから、いなくなられてから落ち着かなくて、最近はすっかり不眠症で……』

どうやら彼女がいなくなって以来、隆史は一人で寝ているらしい。いつも腕枕をして寝ていたから、その重みがないと安心して眠れないのだ、と言ってなかったか。

「そ、それは良かったデスネ」

とりあえず彼の言葉に合う返答をする。すると隆史はにぃっと笑って、紗那の頬を指先で軽く突いた。

「……色々あったし、よく寝たら腹が減ったな。とりあえず、飯にしよう」

(色々、って……私、何やったんですかっ)

その声に慌てて紗那は身を起こす。だが次の瞬間、自分も服を身につけてないことに悲鳴を上げてしまった。

＊＊＊

先にシャワーを浴びてきたら、と言われた紗那は彼の貸してくれたパジャマを頭からかぶり、二日酔いの頭痛を抱えたまま、ふらふらと彼の家の浴室を借りることにした。

(って、よくわからないけど、ここすごく良いマンション、だよね……)

昨日一緒に飲んだバーのすぐ側に自宅があると隆史に言われて、二人で歩いてきた。確かマンションの入り口には広くて綺麗なロビーがあり、そのままエレベーターで高層階へ連れてこられた気がする。

そういえば、二年ほど前に駅から歩いて十分くらいのところに、ハイグレードマンションが建ったと聞いた。ここはそのマンションではないか。

（渡辺室長って……お金持ちなんだな）

ミナミ食品から出向してきている隆史の給料はある程度予想がつく。いくら有能だとしても、こんなマンションに住めるような給料はもらっていないだろう。それにそもそもここは分譲マンションだったはず。ぼうっとしつつ、そんなことを考えているのは、半分頭が現実逃避しているからだ。

だがこのまま逃避をし続けるわけにもいかない。

（えっと……あの後どうなったんだっけ？）

シャワーを浴び、広い湯船に身を滑らせ、軽く目を閉じる。手を伸ばしたところにボタンがあるから試しに押してみると、ジャグジーが動き始めた。

「どこの高級ホテルよっ」

思わず突っ込んでしまった。

ともかく、昨夜の酒まみれの中から記憶をなんとか抽出《ちゅうしゅつ》しようとする。覚えているのは昨日の勇人の衝撃的な告白と、失礼すぎた里穂の言動。

『エッチが下手《へた》な女』という里穂の台詞《せりふ》が、舌っ足らずな音声付きでぐるぐると回る。

瞬間、なんとも言えない気持ちが込み上げてきた。勇人と一緒にいた三年間、喧嘩《けんか》もしたけれどたくさん笑った。同棲し始めてからは、お互い大切なものを一つずつ集めていって、二人で生活を築き上げていった。それが結婚に繋がっていくのだと、そう信じて疑いもしなかった。

けれど彼の紗那に対する本音は『エッチが下手《へた》だから別れよう』って、そんなものだったのだ。

『紗那は辛い時にも笑顔でいてくれるから、俺も気づくと笑っているんだ』

喧嘩《けんか》して仲直りした時に、そう言ってくしゃりと髪を撫《な》でてくれた指先。優しい笑顔。

（それが……なんでこんなことに……）

一緒にいた時間が楽しかったから、こんな風にしていたら、ずるずると追想の靄《もや》に引きずりこまれそうだ。

「ちがうちがう。――そんなことより、渡辺室長と何があったのか思い出さないと！」

過ぎてしまったことを慌てて頭から切り離す。今朝、目覚めた時にお互い服を着てなかったということは、それなりの何かがあったのだろうか。

（あの状況だもの。やっぱり……シちゃった、んだよね）

シャワーを浴びる前にちゃんと体を確認すれば良かった。二日酔いの頭ではそこまで頭が回らず、いつものように先に体を洗ってしまった。

「……我ながら、最悪っ」

振られた勢いで、他の男の人とシテしまうなんて。それも相手が相手だ。酔っ払って前後不覚でこうなるなんて、本当に自分で自分が嫌になりそうだった。

そもそも部屋に誘われてフラフラついていった時点で、何があってもおかしくない。あの時は酔っ払っていてまともな判断ができなかった、なんて言い訳に過ぎない。しかもその相手が……

(ちょっと苦手に思っていた、直属の上司とかって……)

なんだったら、昨日の夜から全部やり直したい。さっさと振られて、里穂の顔なんか見たくもなかったし、あんな台詞《せりふ》も聞きたくなかった。酔っ払っても適当なところで帰宅して、直属の上司とややこしい関係になんてなりたくなかった。

そんなこんなを考えているうちに、熱が込み上げてくる。いや、ジャグジーで心地良く暖まったっていう物理的な理由もあるかもしれないけど。

(とにかく、これからどうしよう)

まずは謝ってなかったことにしてもらおう。お互い酔っ払っていたし、大人のしたことだ。何より大事な仕事に支障をきたしたくない。

(失恋したし、もう仕事しか心の支えがないんだから、そうするしかないよね)

そう決意した瞬間、ふっと脳裏にフラッシュのように記憶が過《よぎ》る。

エッチが下手《へた》だから振られたんです、と爆弾発言をした紗那に、目を見開いている隆史の顔。それから……

『そんな奴のために泣くな。俺が……忘れさせてやる……』

耳元で囁《ささや》かれた言葉。熱っぽい吐息。熱を帯びたその人に、泣いたまま抱きしめられたこと。

断片的な記憶が蘇《よみがえ》る度《たび》にカッと全身が熱くなる。

優しく触れる指先と、唇。

彼はどんなつもりでそんな言葉を口にしたんだろうか。わからない……けれど。

「アレは夢の中の出来事。とりあえず……もういい加減、お風呂から出ないと」

風呂を出て、お礼を言って、素早く立ち去る。

何もなかったふりをして、月曜日からまた今までのように、上司と部下として同じチームで仕事するのだ。中途半端《はんぱ》な関係で、大切な仕事に支障を来たしたくない。

パシン、と自らの頬を叩いて気合いを入れ、はっと息を吐き出して浴槽から立ち上がる。どうやらお湯に浸《つ》かりすぎたらしい。軽く立ちくらみがして、壁に触れて体を支える。

お風呂を出て、着替えていると、扉の向こうから声がした。

「朝飯、作ったから」

その言葉に、逃げ出す作戦が失敗したことに気づき、紗那はタオル一枚のまま、頭を抱えた。

＊＊＊

呼ばれてリビングに向かう。既に食事の支度はできていた。リビングに繋がるダイニングはオープンキッチンがあり、どっしりとした木製のダイニングテーブルには美味しそうなパンが何種類かと、チーズにハムにサラダ、ゆで卵まで用意してある。

ダイニングから見るリビングは、窓が大きくて外からの採光が良く、広くて明るくて、とても良い雰囲気だ。だがカーテンがタッセルでまとめられている横に、ちょっと変わったオブジェのようなものがある。

（あれ、なんだろう……キャットタワーみたいな感じだな）

猫を飼っていた友人の家に似たものがあった。猫は高いところから下を見下ろすのが好きなのだと友人は言っていた。ふと友人の家の窓際にあるキャットタワーの上から外をぼんやり見ていた猫の姿を思い出す。ただ、この部屋に猫がいる様子はない。

（昔飼ってたとか、かなあ……）

一瞬、猫について聞こうとして、昨日地雷を踏んで失敗したことを思い出す。

（元彼女さんの飼い猫だったりしたらややこしいし……何も聞かないでおこう）

そんな風に紗那が一人で納得していると、不思議そうな顔をした隆史に声をかけられた。

「まあ座って。まずは朝食を食べよう」

その声に慌ててダイニングチェアに腰かける。一枚板を使ったテーブルにはシンプルなチェアが四脚あるが、新品同様で多分、来客がある時以外は使われていない感じがした。ちなみに使っていないのがもったいないないほど、座り心地が良い。

「ではいただきます」

隆史が手を合わせるのを見て、紗那も手を合わせる。カフェオレに手を伸ばしたところで、彼はブラックコーヒーを飲んでいることに気づいた。

（……なんで私のところにはカフェオレなんだろう？）

口をつけると、深煎《ふかい》りの濃いめのコーヒーに温めた牛乳を合わせたらしく、砂糖は入っていない。

(これ、私の好きな感じのカフェオレだ……)

「あの……」

彼はコーヒーを飲みながら、何故か紗那の顔を見て柔らかい笑みを浮かべている。

「なんで室長はブラックで、私はカフェオレなんですか？」

「なんでって……紗那さんはカフェオレ好きだろう？」

当然のように今まで呼ばれたことないはずの下の名前を呼ばれて、紗那は思わず目を見開く。驚きすぎて、一瞬何を聞こうと思ったのか忘れそうになる。

「えっと、あの……。あ、そうだ。私カフェオレ好きなんて……言ってましたっけ？」

「……いつもコーヒーは『ミルク多め、砂糖なし』って言っていただろう？　まとめてコーヒーをテイクアウトしてもらった時は、カフェオレ砂糖なし、だったしな」

曖昧《あいまい》に笑った彼は重ねて紗那に食事を勧める。正直食欲はないけれど、用意してもらっているからには手をつけないわけにはいかないだろう。紗那はフォークを手に取り、サラダを口に運ぶ。シャクリと噛むと新鮮な野菜の甘味にドレッシングがほどよく絡む。

「んっ……これ、ドレッシング美味しいですね。ミナミ食品ホームメイドシリーズの、にんじんドレッシングですか？　でも歯ごたえがちょっと違う。何か加えて……あ、これナッツですね……」

顔を上げて隆史を見つめると、彼は目を細めて嬉しそうに笑う。

「さすが紗那さん。……ローストしたクルミを足しているんだ。歯ごたえが良くなるし、風味もいい感じだろう？」

シャクシャクとしたサラダに、にんじんの甘味とビネガーの酸味が美味しいドレッシング。それにナッツの香ばしさと歯ごたえが加わって、レベルアップした美味しさになっている。酒の酔いが抜けてなかった体に、野菜のフレッシュな感じが染み渡ってきて心地良い。

「……室長って、味覚のセンスがいいですよね」

「……この期《ご》に及《およ》んでまだ室長、か……」

ぼそりと何かを呟く隆史だが、聞き取れなかった紗那が首を傾げると、息をついて、笑顔で返してきた。

「……どうせ食べるなら旨い方がいいだろう？　俺は基本的に享楽主義者なんだ」

何かを誤魔化すように彼はそう言うと、旺盛《おうせい》な食欲を見せつけるように食事を続ける。

「享楽主義者って……言い方があれですが。でもほんと、昨日あれだけ飲んだ割にしっかり食べますね。気持ち悪くないんですか？」

「……ああ。紗那さんは……昨夜はそうとう飲んでたから二日酔いだろ？　俺は酒に呑まれるほどは飲んでない」

すっと目を細めて、隆史はからかうように笑う。恥ずかしさにじわりと熱が込み上げてきた。

(そうだ、大事なことを言わなければ)

「あの、室長。……昨夜のことは申し訳ありませんでした。……全部、忘れてください」

必死の思いでそう目の前の上司に向かって言う。うっかり直属の上司と不適切な関係になってしまったのは、自分としても予定外なのだから。

（しかも何があったのか覚えてない辺り、本気で最悪だよね）

だからこそ、なかったことにするために、少なくとも『忘れる』という言質《げんち》を取るまでは交渉を続けないといけない。

だがそんな紗那の思いとはうらはらに、隆史は唇の端を歪《ゆが》め、笑顔のような形だけ保って、けんもほろろに言葉を返す。

「悪いが、俺は酒に酔っても記憶はなくさないタイプでね」

「そこっ！　……忘れるのが、男の優しさじゃないんですか？」

「俺はそんな都合のいい記憶力は持ってない。それに昨日は正体を失くすほどは酔ってない」

飄々《ひょうひょう》と言い返されて、フォークを持つ手が震える。紗那は昨日の醜態《しゅうたい》はほとんど覚えていないけれど、『エッチが下手《へた》』と叫んだ記憶はうっすらあるのだ。きっと碌《ろく》なことをしていない自信がある。絶対に忘れてもらった方がいい。

だったら彼がわざわざ『正体をなくすほど酔ってない』と言ったのは、どういう意味だろうか。ふと昨日のベッドでの光景が脳内にフラッシュ映像のように蘇《よみがえ》って、かぁっと体の熱が上がってくる。

「……お願いですから、忘れてくださいっ！」

再度声を荒らげて言うと、彼はムッとしたようにサラダのミニトマトにプスッとフォークを突き刺した。それを持ち上げて、紗那の目の前に差し出す。

「……なんですか？」

「それなんだが……忘れることはできないが、黙っておくことはできる」

つまり色々あったことは覚えているけれど、それを人に言わないでおくつもりはある、ということだろうか。さすがにそれは脅迫《きょうはく》でしょうか、とまでは口にできない。

「……では、昨日あったことは黙っておいてもらってもいいですか？」

まずはそこが大事だ、とばかりに紗那は隆史に念押しをする。すると彼はニヤリ、と悪そうな笑みを浮かべた。

「そうだな、なら条件をつけさせてもらってもいいか？」

(って、やっぱり脅迫《きょうはく》かぁぁぁぁ)

だが完全超人みたいな隆史から見てメリットのある条件なんて、自分に関係するもので何かあるんだろうか、と思う。

(昨日みたいな関係を継続的にとか言われたら……さすがに引くけど、渡辺室長、めちゃくちゃモテるし、それはないか)

首を傾げつつ、相手の出方を探る。

「……条件って、どんな条件ですか？」

「昨日、話したと思うんだが、一緒に寝てくれる奴がいなくなって、他にも色々気になることが多くて、このところずっと不眠症だったんだ。だが紗那さんが腕枕で寝てくれたせいか、昨夜はぐっすり眠れた。こんなに眠れたのは数ヶ月ぶりでね」

「……はあ」

確かに不眠は辛い。昔ストレスで眠れなかった時期があったからそれはよくわかる。

「それに、昨日紗那さんが自分で言っていたよな。今住んでいる部屋、再来月が更新月で、元彼が部屋を出ていくから、一人じゃ家賃を払えない。早く別の部屋を探さないといけないって」

「……言った気がします」

（確かに『住むところもなくなっちゃう』って愚痴《ぐち》った記憶は……ある。けど、何を条件にするつもりなんだろう。この人）

じぃっと相手の様子を窺《うかが》うようにして視線を向ける。すると彼は悪びれず、にっこりと笑顔を返してきた。

「なら、ここに住んだらいい」

「……は？」

何をこの人は言っているんだろう。思いっきり眉を顰《ひそ》めた紗那の反応は予想通りだったのか、彼は驚きもせずパンを口に放り込む。それを咀嚼《そしゃく》し呑み込むと、一口コーヒーを飲んで一人で頷いた。

「俺は不眠症で困っている。紗那さんは住む場所がなくなるので困っている。……ここまではいいな？」

何が、いいな、だ。むむむと眉根を寄せると、彼はもう少し丁寧に説明する気になってくれたらしい。

「ここは分譲の家族向けのマンションだから、部屋はそれなりにある。通勤には近くて最適だし、家主が不要だと言っているから、家賃を払う必要はない」

言っていることの意味はわかる。だが、条件を何にしようとしているのかがわからないから不安なのだ。

「その言い方だと、住むところがなくなるなら、家賃なしでここに住んだらいい、って言っているように聞こえるんですが？」

思わずそう尋ねると、彼は真顔で頷く。

「ああ、そういう意味だ。……昨日のことは他の人間には黙っているし、家賃も不要だから、紗那さんにここに住んでもらいたい」

……それはそれは良い話に聞こえるけれど、『条件』がついてくるのだろう、と紗那は頷かずに続きを促《うなが》すように彼の顔をじっと見る。

「……その代わりと言っては、弱みにつけ込むようであれだが……」

(やっぱり条件があるんだ。しかも弱みにつけ込むようなのが……)

「…………」

なんですか、と問うかわりにじっと見つめている紗那の視線から、隆史は困った表情を浮かべたまま目をそらす。普段飄々《ひょうひょう》としている彼らしくない。

「紗那さんには、ここに住んでもらって、俺が頼んだ時には、俺の腕枕で寝てもらいたい」

「……はあ？」

変な声が出てしまった。それは……最初考えた、女性として男性を慰《なぐさ》める的な下衆《げす》な提案かと、思いっきり顔を顰《しか》めてしまった。

「いや、あの……そういう意味じゃなくて……」

紗那の表情を見て、疑われたと思ったのか、隆史は慌てて首を左右に振った。

「違うんだ。別に性的な云々《うんぬん》って意味じゃなくて。普通に添い寝？　的な。本気で眠れなくて参っているんだ。先週も毎日二時間以下の睡眠で、正直体力を保たせるのが限界で……。仕事のクオリティが下がって仕方ない。すまない。変なことを言っているのは重々承知している。だが……俺を救うと思って、この条件を呑んでくれないか」

今まで飄々《ひょうひょう》としていた彼に、何故かいきなり両手で拝まれてしまった。そのくらい切羽《せっぱ》詰まっているのか。

職場での彼の様子とのギャップに思わず気が抜けた。そういえば、昨日の夜、間近で隆史を見た時、目の下に隈《くま》を作っていたことを思い出した。

「あの……添い寝、だけですか？」

「ああ、別に性欲がないわけじゃないが……今は不眠を解消するのに手一杯で、それは後回しでいい」

あ、そっちはナシじゃなくて、とりあえず後回しなんだ。確かに睡眠とか食欲が満たされないと、人は性欲が湧かないと聞いた覚えがある。とはいえ、昨夜はどっちも満たしてしまったんじゃないかって気もしないでもない。しかし、逆に言えば睡眠に対する欲求は、それだけギリギリのところなのだろう。

紗那は一瞬どうしようか迷う。実のところ、今隆史を中心としたチームでの新企画は、佳境を迎えているのに、このところ隆史が精彩を欠いているな、とチーム全員で話していた。

(室長のリーダーシップがチームにとって必要不可欠、なのは確かだし。私も来月上旬までゆっくり家を探している余裕はない)

昨日だって、忙しい中、なんとか時間を作って勇人に会いに行ったのだ。結果は……振られただけだったけれど。

「少なくとも……望まないことを無理強《むりじ》いはしない。そのあたりは誠実に対応する。……だから、俺の腕枕で寝てくれっ」

ものすごい真剣な表情で言われて、紗那はあっけにとられてしまった。

「……そこまで、寝不足が辛いんですか？」

思わずそう聞き返す。

「……ああ、ほんとうに寝不足は堪《こた》える」

ぼそりと呟くと、ちらりと紗那の方を見て、もう一度深々と溜め息をついた。

「夜は眠れない、ようやく寝付いてもすぐに目が覚めてしまう。目が覚めると色々考えすぎて、また眠れなくなる……。こんなことで悩んでいる自分がみっともないやら情けないやら……」

普段、冷静沈着でスマートに仕事をしている姿しか見ていないし、仕事場ではオシャレに整えられた髪型が普通だから、寝起きでちょっとぼさっとしている頭をぐしゃぐしゃとかき回す姿に、寝不足が堪《こた》えている感が強まる。

「わ、わかりました。確かに私も住むところには困っていたので……。先ほどの約束を守ってくれるなら、次の家が決まるまではこちらに滞在させてもらいます」

そう言うと、彼はぱっと表情を明るくした。

(可哀想に、よっぽど寝不足が堪《こた》えていたんだな……)

思わず同情した紗那だが、次の彼の言葉に絶句してしまった。

「じゃあ飯が終わり次第、早速紗那さんの部屋に、荷物を取りに行こうか」

「……は？」

突然の提案に口をあんぐり開けた紗那を見て、隆史はにんまりと笑みを浮かべた。

「元彼が戻ってくる前に、荷物を移動させた方がいいだろう？　少なくとも今すぐ必要な着替えとか、そういうやつ。車を出すから今から取りに行こう」

そう言われて、呆然としている間にお皿を下げられて、気づくと家に向かうことになっていた。

第二章　急転直下、激動の週末

万が一、勇人と鉢合わせしたらどうしよう？　と心配しなくもなかったが、マンションに戻っているだろう紗那を気遣ってか、勇人の姿も里穂の姿もなくて、正直ホッとする。

（さすがに、不在だからって部屋に金谷さんを連れ込まれてたら、確実に胃の中のもの、全部吐きそうな気がするわ……）

「着替えとかは自分で準備するだろう？　他に大きなもので持っていきたいものはないか？」

そう言われて、部屋をぐるっと見回す。結婚してからそろえようと、あまり家具を買ってなかったのは不幸中の幸いかもしれない。

「私が一人暮らしの時から持ってきてたのは……」

お気に入りの一人がけのソファーや、小さな食器棚、一人暮らししてから買ったちょっと贅沢《ぜいたく》な調理器具や、オーブンレンジなどを指し示す。

「このうち、持っていきたいのはどれ？」

「え？　今ですか？」

思わず聞き返すと、彼は眉を顰《ひそ》めて紗那の顔を覗き込んだ。

「その新しい彼女とやらが来て、あれこれ触られるかもしれないだろ？」

そう言われた瞬間、その光景をありありと想像してしまってブルッと体を震わせた。

「そう考えたらできる限り、今すぐ持っていきたいですね」

咄嗟《とっさ》に答えると、彼はそうだろう、と言わんばかりの顔をして頷いた。

「じゃあ、全部持っていこう。部屋数には余裕があるから、一部屋は紗那さんの家具とかの保管に使えばいい。あと、紗那さんは自分の着替えなんかをまとめてくれ」

さらっと言われて再び周りを見回す。

「全部持っていくってどうやって……？」

隆史が乗せてきてくれた車は外国製の高級セダンだ。ここの家具を積める程の大きさはない。

「ああ、業者に連絡する」

なるほど、と一瞬納得しそうになり、慌てて紗那は首を横に振る。

「ちょっと待ってください。それって完全にこの部屋を引き払うみたいに思えるんですけど？」

「だからそのつもりで来たんだが？　またこの部屋に来たいか？」

「いや、来たくはないですけど……」

失恋直後に、同棲解消のために二人で暮らした部屋で荷物をまとめる、なんて一人でやったら果てしなく落ち込みそうだし、そもそも昨日だってこの部屋に一人で戻るのが嫌で、夜遅くまで飲み歩いていたようなものだ。

「ああ、運送費の支払いについては俺がするから安心してくれ」

「え、ちょっと……引っ越し費用なら、当然私が払います！」

「仕事で付き合いのある業者に頼むから、こっちでする。とにかく何度も来たくないのならさっさと準備を整えてこい。三時間後に車が来るように手配するから、俺に触れられたくないものはそれまでに準備してくれ」

そういえば隆史は仕事で方針を決めると即行動がモットーで、建設的な提案であれば手を止めて聞いてくれるが、意味なく躊躇《ちゅうちょ》しているだけなら叱り飛ばされるのだ。

「はい、了解しました！」

言い方は少しも強くなかったが、叱咤《しった》されたような気分で、思わず背筋を正してそう答えると、紗那は慌てて部屋に戻り、衣類や他の持っていくべきものを整理していく。

それこそ隆史の住んでいるマンションとは比べものにならないほど狭く、リビングダイニングと、寝室があるだけの部屋だったけれど、紗那は一瞬手を止めて部屋の中を見回す。

「安いお店で買ったカーテンだったけど、結構お気に入りだったよな……」

二人で量販型の家具店を回って、ちょっと値引きしているカーテンを買った。その時ベッドと寝具も一緒に買ったんだっけ。二人で一緒に眠れるように買ったセミダブルベッドにちらりと視線を落とした瞬間、ベタベタしていた里穂と勇人の姿を思い出し、ぐわっと胸に嫌なモノが込み上げてくる。

「もう、ちゃんと畳まなくてもいいや」

三時間でこの部屋から引っ越しをしないといけない。時間がないから余計なことを考えている暇はない。

黒いゴミ袋に、どんどん自分の服を入れて運び出す。時間に追われて体を動かしたせいだろうか。普通の失恋だったら感傷的になるかもしれないのに、されたことを思い出すと怒りのほうがずっと強い。

リビングに荷物を移動すると、彼は紗那が指示した家具から皿などを引っ張り出していた。

「コレどうする？　持っていくのか？」

そう尋ねられて、友人からもらったものとか特別に思い入れのある物以外は、おそろいの茶碗やコップも全部置いていくことにした。その後、持っていくもの、捨てるもの、置いていくものの選別を行う。まだ引っ越してから二年ほどであったし、大きな物はそれこそ結婚してから買うつもりだったので、引っ越し準備には思ったほど時間がかからなかった。

三時間弱で荷物をまとめ終わると、隆史が手配した業者がさっさと荷物を下ろしていき、感傷に浸《ひた》る暇もなく荷物を積む。そして今度は隆史の自宅に戻った。

「ああ、そっちの荷物はここの部屋に……」

彼の自宅で荷物の置き場所を指示する隆史の様子にもう何も言えなくなり、呆然と見ていると、業者の人たちは荷物を空《あ》いている部屋に収めてさっさと帰っていった。マンションの状況を見てなんとなく事情を察したのだろう、次にまた仕事があるのでは、とさりげなく紗那にも名刺を渡していくあたり、さすが隆史が個人でも利用する有能そうな業者である。

（――あ、嵐みたいだったなあ……）

気づくと、紗那と勇人の住んでいた部屋にあった、紗那の大事なものはすべて隆史のマンションに収められていた。多分荷物を取りにいくという目的では、前のマンションに行く必要はなくなっただろう。運び込まれた荷物を見て、紗那ではなく、何故か隆史がすがすがしい笑みを浮かべる。

「これでよし。さて、夕食どうする？　なんか食べに行くか？」

そういえば、そろそろ日が暮れてくる頃合いだが、遅いブランチを取って以来、何も食べていない。声をかけられた瞬間、どっと疲れが出てきて眩暈《めまい》がしてくる。

「っと、大丈夫？　二日酔いのあと、そのまま引っ越し作業までしたからな。無茶させて悪かった。……疲れているんだったら、食事は持ってきてもらうようにしようか」

足元がふらついた紗那を隆史が咄嗟《とっさ》に支えて、リビングのソファーに座らされる。持ってきてもらった冷たい水をちびちびと飲んでいると、夕食のメニューについて相談されて、適当に頷いていたら、デリバリーで届けてもらうことになっていた。

(強引なんだか、親切なんだかよくわからないな……)

テキパキと動く隆史をぼうっと見ていると、自分でも不思議な気持ちになる。

当然のように再びお邪魔しているが、この家は昨日の今頃までは存在すら知らなかったし、なんだったら昨日、結婚まで考えていた男性から振られたばかりだ。

「……実感がわかないな」

まるで夢でも見ているような気分になる。

(そうだ。荷物引き上げたって、勇人に連絡だけでもしようかな……)

スマホを取り出す。もしかして昨日のあれこれは嘘だったんじゃないか、勇人からメッセージが来ているんじゃないか、どこかでそんなことを期待しつつ画面を覗き込む。

(あ、なんか通知来てる)

慌てて開くが、それは同僚の京香からで、「大丈夫？　電話で話をしようか？」と気遣ってくれるメッセージだった。

そして勇人からは何一つ連絡が入ってない。最後の会話は昨日の喫茶店の待ち合わせ前にやりとりしたものだけで、しかもその内容は、改めて見ると、紗那が色々話しかけているのに、スタンプや、『了解』程度の素っ気ない返事しかない。

(そういえば、このところそんな感じだったかも……)

元恋人の心変わりにも気づいてなかったんだ、と落ち込んでメッセージを送る気力すら失っていると、出前が届いたらしく、隆史がダイニングテーブルの上に料理を並べ始めた。慌てて立ち上がり、彼の手伝いをする。

「美味しそうですね……」

蒸籠《せいろ》がいくつも並んでいる。中華にすると言っていたのだけれど、どうやら点心を中心に頼んだらしい。ごま油とショウガの香りが漂《ただよ》って、ぐぅっとお腹が鳴る。

昨日の今日でお酒は避けようと思ってくれたのか、大きな急須に入っているのは中国茶だ。おそろいの小さな湯飲みに、お茶が注がれる。

「次の『贅沢《ぜいたく》チルド』シリーズだが、点心を中心とした中華料理はどうかと思っていて……。紗那さんの意見を聞かせてくれないか？」

まるで仕事の話のようで、きっと余計な気遣いをせずに食事ができるようにしてくれているのだろう。紗那は有り難く箸《はし》を取って、食事を始めた。

「……冷凍の小籠包《しょうろんぽう》は色々なメーカーが出していて人気ですけど、レンジ調理で食べられるものだと、皮が美味しい状態で提供するのはなかなか難しそうですよね……。蒸籠《せいろ》で蒸すのだと手間がかかるし……」

皮がしっかりしていて、匙《さじ》で口に運ぶまでスープが漏《も》れない。スープを包んだもちもちの皮を楽しみ、口に入れた途端に溢《あふ》れ出す熱々のスープと小籠包《しょうろんぽう》に舌鼓《したつづみ》を打つ。

「──っあ、ふ……おいひい……」

熱くて舌っ足らずになった紗那の口調に、隆史がぶはっと笑い声を上げる。仕事場で見たことのないような気さくな姿だ。

熱さを乗り越えて、ジューシィな肉汁を堪能《たんのう》し、嚥下《えんげ》する。ちょっと上顎《あご》をやけどしたかもしれないけれど、それに耐える価値ある小籠包《しょうろんぽう》だ。そう言うと、彼は嬉しそうににやにやと笑う。

「……笑わないで、くださいよ」

「いや、紗那さんの様子で、出前でも熱々なんだなってわかったから……俺は注意して食べよう」

と、彼は紗那の様子を見ていたからだろう、箸《はし》でちょっと口を開き、冷ましてから慎重に食べた。

「人の失敗を見て、調整するとは姑息《こそく》な……」

この男、やっぱり人の失敗を確実に自分の糧《かて》とする腹黒タイプだ、と思いながら睨んでいると、彼は悪びれず、机の上を指し示した。

「……で、次はどれを食べる？」

手のひらに載るような二人前の蒸籠《せいろ》を一つ開けては、美味しそうな点心に歓声を上げ、二人で半分ずつ分ける。

「翡翠餃子《ひすいぎょうざ》、美味しいですね」

「この東坡肉《トンポーロー》、食べてみてくれ」

言われて、黒っぽくなるほど煮込まれた照り照りの皮付きの豚の角煮に箸《はし》を伸ばす。

「んっ……！」

とろっとした皮の部分のゼラチン質と、濃厚な脂が渾然《こんぜん》となった旨み。舌の上でほどけるくらいに柔らかい豚バラ肉を味わって思わず身もだえてしまう。

「んーーーーーーっ、美味しい！」

つい声を上げると、彼は嬉しそうに笑った。

「このマンションのすぐ側にある小さな中華料理屋から取り寄せたんだ」

だから小籠包《しょうろんぽう》はあんなに熱々だったのか、と納得する。その後もお茶のおかわりをしながら、全部の蒸籠《せいろ》や皿の料理を平らげて、美味しいものをたくさん食べたらなんだか元気が出てきた。

「ありがとうございます。美味しいものを食べると元気になりますね」

「良かった……」

ぽつりと隆史が呟く。何が良かったんだろう、と思って彼の顔を見上げると、クールな表情を崩して笑う。職場で愛想良く浮かべる隙のない笑みではなく、少し照れたようなその表情は、なんだか少年みたいで、ちょっとだけ胸がキュンとしてしまった。

「良かったって、なにが、ですか？」

「いや、俺が勝手に選んだ店だったから。でも紗那さんとは食べ物の好みが似ているな、とは思ってたんだ……。一緒に住むなら食の価値観と好みは大事だろう？」

言われて頷く。面倒になるほどの手間はかかってないけれど、ちゃんと工夫され、心遣いのある美味しい食事。食べ物を前にして交わす会話。食べることが好きな隆史と自分はそういった熱量も近いかもしれない。

「確かに。室長と一緒にいると、美味しいものが食べられそうです」

にっこり笑って答えると、彼は笑わずにじっとこちらを見つめる。

「なんですか？」

「……もう一つ、条件追加だ。家で室長とか呼ばれるとリラックスできない。隆史と呼んでくれ」

条件、と言われると拒否しづらい。紗那は隆史の顔を見上げた。

「さすがに名前はまだちょっと厳しいので……せめて渡辺さんで妥協してもらえませんか？」

「役職がつかないだけ、マシか。……まあ慣れるまではそれでもいい。でも慣れたら名前で呼んでくれ」

何故か不服そうな顔をされてしまった。でも慣れるほど一緒にいるのだろうか。次の部屋が見つかるまでなのに、と思いながらも、穏やかな空気を壊したくなくて慌てて席を立つ。

「あ、私、お風呂洗ってきます。そのまま入ってきちゃっていいですか？」

「掃除道具は洗面台の下にしまってあるから頼む。こっちは皿を洗って始末しておく。出前だし返さないといけないからな」

自然と家事を分担してくれる言葉に目を見開く。笑顔でくしゃりと頭を撫《な》でられて、ぴくんっと跳ね上がりそうになった。

「邪魔しないから、風呂、ゆっくりどうぞ」


その後は順番に風呂に入ったり、テレビで音楽番組を見てくだらない話をしたりしながら、食後のひと時を過ごす。会社ではあんなに緊張する相手だったのに、一緒に過ごす時間は意外なほど心地良い。

「っと、そろそろ寝るか……」

けれどそう声をかけられて、一気に緊張してしまう。

「あの……私。どこで寝るんでしょうか？」

わかっている。そもそも腕枕で寝る役として、部屋を貸してもらうことになったのだ。とはいえ、はい、今からですよ、と言われても正直ちょっと身構えてしまう。

「……とりあえず今日は一人で寝たほうが良さそう、だな」

そんな表情を見て取ったのだろう。隆史は紗那を見て呟く。とはいえ、何か言いたそうな彼の表情に、一瞬答えに迷う。

「……まあ、俺は昨日ゆっくり寝たことだし。今日は一人で眠りたいならそうしたらいい」

それだけ言うと、彼はゲストルームの部屋を使うように紗那を案内した。

＊＊＊

ゲストルームのベッドはホテルでベッドメイキングされたかのように整えられていて、ふかふかで心地良い。落ち着いたブルーの寝具は疲れた心と頭に安らかな眠りを与えてくれそうだ。なのに……

まるで嵐のような一日が過ぎて、ホッとした瞬間、気が緩む。そうするとふと思い出してしまうのは、勇人との別れのシーンだ。裏切られたことに怒りを感じているのに、楽しかった時期を思い出すと、やり直しが利かないことに心が落ち込んでくる。

どうにかして元の関係に戻れないのか、と思う一方で、今回の件、どうして彼が里穂の誘惑に乗ったのか、それとも彼が里穂を誘惑したのかわからないけれど、どちらにせよ婚約までしているのに安易に浮気ができる勇人の人間性は信用できない、と冷静な判断をしている自分もいる。

（まあ理性ではわかっているけど……）

どこかに三十歳までに結婚できそうでホッとしていた、世間体《せけんてい》を気にしている自分もいて、それが不可能になったことで不安を感じている。

（もともと仕事をやりたくて、それを優先するって言っていたんだから。少なくとも仕事で否定されたわけじゃないし……）

自分の心の表層に浮かぶ不安を、言葉で宥《なだ》める。それでもなんとも表現しがたい喪失感に、気持ちが水面《みなも》に沈んでいくように落ち込んでしまう。

「水でも、飲んでこようかな……」

キッチンに行きグラスに水を入れて一杯飲むと、リビングの窓が開いているのか、レースのカーテンが揺れていた。ふと外を見てみようとベランダに出ようとしたところで、予想もしてなかった人影が見えて、びっくりしてしまう。

「え、室長？」

「だから、家で役職で呼ぶのは勘弁してくれって言っただろう？」

一人でベランダにもたれかかり、ビールを飲んでいる隆史の姿に目を見開いた。

「……眠れないんですか？」

「紗那さんも眠れないんだろ？」

言い返されて小さく笑う。

「眠れませんねえ。何しろ失恋直後ですから」

「……なるほど」

「渡辺さんは？」

尋ね返すと、彼は小さく笑ってビールを一口飲む。

「なんとなく……眠くならなかっただけだ……」

それは腕枕する相手がいなかったから、ということだろうか？　首を傾げて視線を上げる。

「そういえば、腕枕って疲れませんか？」

付き合い始めの頃、張り切って腕枕をしてくれていた勇人だったけれど、一緒に住むようになってからは重たくて嫌だ、と言ってしなくなってしまったのだ。

「……まあ、疲れるといえば、疲れるか。でも安心するだろう？」

ぽつりぽつりと隆史は呟く。紗那は視線を上げて、月の沈んだ空を見上げる。

「安心？」

「寝ている間もそこに、大事なものがあるって感じていられる……」

ぽそりと言うと、誤魔化すように笑う。月明かりのないベランダでは、お互いの表情はよく見えない。

「……そうですね。私もだから、腕枕は好きかな……。そこに大切な人がいるって、安心できる」

ふと言葉を零《こぼ》すと、彼はまた小さく笑った。夜は人を雄弁にする、と誰かが言っていたけれど、本当かもしれない。

「ほら、だから言っただろう。俺たちは価値観が似てるって」

ゆっくりと会話をしながら、隆史はビールを飲む。紗那は空を見て、星を数えている。

「そうですかねえ。私、仕事していて、渡辺室長の指示はめちゃくちゃ緊張しますよ。絶対にミスは見逃さないって感じなので」

「……悪かったな。ただ、厳しくしても、紗那さんは俺の求めたものをちゃんと返してくれるから、頼りがいはあるかな」

「……そう思ってもらえていたのなら良かったです」

「まあ、たまにこっちを見て、面倒なこと言いやがって、って顔しているのも知っているけどな」

「え？」

図星を突かれて固まった紗那を見て、くつくつと笑う声がする。ビールを飲みきった彼が伸びをした。

「俺はもう一度寝てみるか。……寂しかったら腕枕、してやるぞ？」

どこかからかうような言い方をするから、紗那はフンと鼻息を荒くして、わざと言い返す。

「してほしいのは、渡辺さん、の方ですよね。……私はもう少し星を見ています。眠たくなったらお借りしている部屋で寝ますので」

「じゃ、明日はお互い好きなだけ朝寝坊しよう。目が覚めたらキッチンにあるもの、冷蔵庫にあるものは、全部好きに食べてもらって構わない。だから起こさないし……起こすなよ」

その言葉に紗那は笑って頷く。

「……今日は眠れそうですか？」

「ああ。最重要課題が一つ、クリアできたからな」

「最重要課題？　週明けの会議の準備とかですか？」

そのために紗那も準備してきたのだ。そう尋ねると、彼は笑って『なんでもない』と呟く。答える気のなさそうな隆史を見て、紗那は就寝の挨拶《あいさつ》をした。

「じゃ、おやすみなさい」

「ああ。あんまり外にいると体が冷えるぞ。もう一度風呂に入って温まるなら遠慮せず好きに使ってくれ。……お休み」

そう言うと、彼はベランダから部屋に戻っていく。紗那はその後ろ姿を見送って、再びぼうっと空を見上げた。

＊＊＊

翌日はのんびりと朝寝坊をして起きると、机の上にメモが置いてあった。

『意外と早く目が覚めたのでジムに行ってきます。台所は好きに使ってもらっていいし、食材も適当に使用してくれたらいい。冷凍庫に早めに使い切りたい牛肉の塊《かたまり》があるから、使ってもらえると助かる。では夕方までには戻ります』

そのメモを見て、紗那は台所に行って食材を確認する。冷凍庫には自社製品を含め、様々なメーカーの冷凍食品が入っているし、普段から自炊をしているのだろう、それ以外にも野菜や肉などもあり、独身男性の冷蔵庫とは思えないほど充実している上に、几帳面《きちょうめん》に片付けられている。

「てかこれ、適当に使って料理しちゃっていいのかな」

使ってほしいと書かれていた牛肉の塊《かたまり》肉を見ると、国産の結構良いお肉だ。せっかくなら夕食に使おうかと、ローストビーフを作るために解凍し、その傍《かたわ》らで簡単な昼食を用意する。

「このキッチン落ち着くなあ……」

冷凍食品の企画でヒットを飛ばすくらいだ、隆史は料理自体が好きなのだと思う。そして調理器具の置き方や、しまい方なども紗那と似通っているから、使い心地が良いのだ、と判断する。

(なんか……思っていたのと違って戸惑うな)

仕事のイメージ通り、確かに強引だけど、昨日今日の隆史の行動を見ていると、独りよがりな強引さではなくて、周りの状況を把握した上で、最短ルートを選択した結果、そうしているように見えてくるのだ。

(昨日は渡辺室長の勢いに負けて、一気に荷物を持ってきちゃったけれど、勇人とやり直す気がないのなら、さっさと移動させてすっきりしたっていうか、良かったなって思うし)

ちょっとだけ感謝の気持ちが高まり、気合いを入れた夕食の準備にプラスして、マフィンまで焼いて隆史の帰りを待つ。

そして夕方六時頃、玄関の扉が開く。

「ただいま」

「……お帰りなさい」

玄関からの声に、咄嗟《とっさ》にそう答えながら玄関に向かうと、彼が一瞬目を見開いてそれからふわりと眦《まなじり》を下げて笑みを浮かべた。

「……出迎えてもらえるのって、いいな」

就職してから、長いこと一人暮らしをしていた紗那は、その心境が想像できて思わず笑顔になってしまった。

「一人で暮らしていると、そういうのって貴重ですよね。……あ、ご飯前にお茶でも淹《い》れましょうか……」

「ああ、ありがとう」

そんな距離の近い会話を職場の上司と交わしているのだ。改めて、不思議な状況だと紗那は思う。

「……なんかいい匂いがするな」

手洗いを済ませた隆史が、リビングに入ってきた瞬間、声を上げた。

「使っちゃった方がいいって書いてあったのが、すごく美味しそうな牛肉だったので、ローストビーフ作りました。時間があったのでチーズマフィンも焼いちゃいましたけど……今食べますか？明日の朝、朝食代わりに食べてもらっても……」

結局、隆史は一つだけおやつ代わりにマフィンをつまみ、その後二人で紗那の作ったローストビーフや、サラダ、スープの食事を取った。

「紗那さんは……料理が上手だな」

しみじみとそう言われると、じんわりと気持ちが温かくなる。そういえば、付き合い始めた当時、勇人にもそんなことを言われたかもしれない。ただ、そのうち紗那が作るのが当然になって、何も言ってくれなくなってしまったのだが……

「ありがとうございます。……あの、キッチンを使っていて思ったんですけど、渡辺さんも料理されるんですね。ちゃんとオープンもあるし、テンション上がりました」

そんな会話をしながら食事を済ませ、入浴も済ませる。結局『腕枕』を要求されることはなく、その日も別々の部屋で就寝したのだった。

第三章　横取り女と一宿一飯の礼

急転直下の週末を終え、翌日は月曜日となる。

（腕枕はしてないけれど……室長はよく眠れたようで……良かったかな）

正直、紗那の方は色々考えすぎてよく眠れていない。……だが失恋直後と思えない程、心の方は穏やかだった。

始業時間を前に、隆史も紗那も出勤する。今後必要になるから、と合鍵をもらい、先に隆史が出勤し、支度に時間のかかる紗那は後から出ることになった。とはいえ、通勤時間がぐっと短くなったおかげで、出かける時間が少々遅くなっても全く問題はない。

二日間、勇人と二人で住んでいた部屋ではなく、全然違う環境にいたためか、過去を思い出して泣き明かすこともなかった。目も腫《は》れていないし朝のメイクの乗りも悪くない。

（それに職場に行ったら、あの子がいる……）

ちっぽけなプライドかもしれないけれど、どんなことがあっても、ボロボロになったみっともない姿を見せたくない。そんなわけでいつも以上にメイクとオシャレに気合いが入った。隆史のおかげで、荷物が全部こちらに来ているから、着替えもメイク道具も万全だ。完全武装で出勤し、自席に座る。

仕事の準備をしはじめると、早速聞きたくない人の声が聞こえて思わず眉を顰《ひそ》めた。うっかり視線を上げてその顔を確認してしまう。

「おはようございますぅ」

甘々で舌っ足らずな挨拶《あいさつ》の声。金谷里穂だ。

「おはよう。今日も里穂ちゃんは元気で可愛いねえ」

始業前の打ち合わせに来ていたらしい営業部の男性から声をかけられると、里穂はばっちりメイクの艶々《つやつや》リップを機嫌良さそうに笑みの形にする。

「吉岡《よしおか》さん。朝から褒めてくださってありがとうございますっ。おかげで一日元気に仕事できちゃいます〜」

媚《こ》び媚《こ》びの笑顔。今まではあまり気にしていなかったけれど、金曜日のことがあって引いた目で見ると、かなりのあざとさを感じる。そのまま里穂は紗那の後ろをすり抜けて、自席に座った。

「おはよう」

一応職場だから挨拶《あいさつ》しなければ、そう思ってパソコン画面に視線をやったまま低く声をかけると、一瞬里穂はその場に立ち止まり、ふふっと小さく笑って紗那に挨拶《あいさつ》を返す。

「おはようございます〜。紗那さん、週末はどうしてたんですかぁ？」

まるで何もなかったかのように、普段通りの口調で聞いてきた。

（こっちが最悪の週末を過ごしたって知っているくせに……）

はらわたが煮えくりかえるような心地はするが、ここは仕事場だ。修羅場《しゅらば》の空気を出したくなくて、紗那は普通に言葉を返す。

「ん？　色々片付けとか、料理とかしてたよ」

「そうなんですか。休日にお片付けするなんて偉いですねえ。里穂はぁ、お泊まりデートしてました！」

嬉しそうに笑って話しかけるその神経が信じがたい。

端《はた》から見れば週末の幸せなデートの報告をする、人なつっこくて可愛い後輩だろう。だがその中身は、職場の先輩の彼氏を寝取り、それが発覚した後、その男とお泊まりデートをしたことをわざわざ報告してマウンティングする無神経……いや、悪意しかない女だが。

「……ごめん、ちょっと先にメール返さないといけないから」

そう言って会話を打ち切り、紗那はメールを打つふりをする。脳内では、里穂に対する苛立《いらだ》ちが限界値ぎりぎりまで高まっていた。

(申し訳ないとか、顔を合わせづらいとかでもなく……堂々と勇人とお泊まりデートをしたって勝利宣言をしたいわけね。それでもって、彼との同棲解消のために片付けをしていた私を『偉い』なんて……可哀想にって馬鹿にしたいんだろうな)

イライラがピークになり、何かを殴りたい衝動が募り、ぎゅっと机の下で拳を握った途端。

「金谷さん、今日の午後からの会議用の資料、二十部コピーしてホッチキス止めしてくれる？　朝一番に大至急でよろしく頼みます」

一番奥の室長席から声が飛び、里穂は面倒くさそうな顔をしながら席を立つ。紗那は里穂が遠ざかるのを見て、ホッと息を吐いた。

「もうオッサン、うるさい」

ぼそりと文句を言いつつも、笑顔だけはキープで隆史のところに里穂が向かう。その言い草にまたイラッと怒りが込み上げてくる。

「はーい、わかりましたぁ」

だがそんな紗那の気持ちなど一切関知することなく、里穂はいつも通りだ。甘ったるい香水の匂いを残して遠ざかっていく背中を見ながら、紗那は堪《こら》えきれず溜め息を漏《も》らしていた。

＊＊＊

「あー。あの子はそういうタイプだと思ったよ」

キッパリと里穂をこき下ろすのは、紗那の同期の松岡京香だ。

とてもではないが、ランチでは話が終わりそうにないし、午後からの会議前にバタバタするのも嫌だったので、改めてディナーの約束をした紗那は、仕事が終了後、京香と待ち合わせをした。今は会社から近いバルの個室で、周りを気にすることなく思いっきり愚痴《ぐち》を零《こぼ》している。

「あの子、営業部の男にもちょっかい出していて、多分二人ぐらいとちょっと付き合ってたって噂《うわさ》は聞いているけどね」

営業部所属の京香は、男性が多い営業部でも成績上位だ。そのせいで部内では女性として扱われるより仲間として飲み歩くことが多い。そんな男子トークの中で里穂のあまりたちの良くない噂《うわさ》を聞いたことがあるという。

「しかも金谷さんって、自分の同期の子に『結婚するなら親会社の人の方がいい。給料も昇給率も全然違うって聞いたし』みたいな話して、同期から総スカンくらっているんでしょ。……田川さん、今もう係長なんだっけ。成績もいいって言っていたし、同期の中では出世が早いって紗那も言っていたよね。あの子の周りにいる男性の中では一番『美味しい』って思ったから、自分から誘いかけたんじゃないの？」

浅ましいねえ。と呟きながら、京香は目の前に置かれた牛頬肉のマデラ酒煮込みを箸《はし》でつまみ、美味しそうに口に運ぶ。

「紗那も食べな～。メンタル落ちている時には、肉だよ、肉！」

さばさばとした京香の言葉に思わず苦笑いが浮かぶ。肉を愛する京香のオススメするバルは、確かに肉料理メニューが豊富だ。

「んー。これ、美味しいわ。……ね、京香。冷食で贅沢《ぜいたく》おつまみシリーズとかいいと思わない？」

マデラ酒で煮込んだ頬肉は、豊富なゼラチン質のおかげでとろとろで、口の中で繊維だけ残してほろほろとほどけていく。マデラ酒の甘い風味が肉の旨みをさらに底上げしている。身もだえしてしまうくらい美味しい。肉のパワーで気分が上がってくる。

「こういう家で作れない、ちょっと手間のかかるおつまみ、冷凍食品であったらいいよねえ。前菜とかとセット売りになっていると、冷凍庫にいつでも保管できていい。長期保存可能だともっと嬉しい」

「京香の場合、長期保存するまでもなく、すぐに食べ尽くしそうだけどね」

そんな会話をしつつ、肉三昧《ざんまい》の皿を堪能《たんのう》していく。

「で、どうすんの？　部屋を出ていけって言われているんでしょ。……向こうも仕事が忙しい紗那の状況を考慮せずに、よく無責任にそんなこと言うよね。一応結婚の話もしてたし、婚約破棄で訴えて、慰謝料《いしゃりょう》請求とかしてやればいいよ」

よっぽど怒りがたまっているのか、きつい口調で勇人を責める京香を見て、紗那は実際に訴えるかどうかを想像する。次の瞬間、首を横に振っていた。

「あー。ごたごた引きずる時間の方がもったいない。それにさ……」

「なによ？」

「実はね、その後の展開がちょっと色々ややこしいのよ」

「……ややこしいって、他にもあの二人に何かされたの？」

「いやそういうことじゃなくて。……一応ね、ひょんなきっかけで、次、住むところは見つかったの。とりあえず一時的な避難場所的な感じで」

報告しておかなければ、と思いつつ、言いづらいのはどうしてだろうか。わざとらしくワイングラスに目を落として、ぼそぼそと呟く。

「え、実家遠いし……親戚とかもこっちにいないんでしょう？　妹ちゃんは実家から進学。弟君は関西の会社に就職したって言ってたし」

「うん、親戚を頼るとかじゃなくて……。部屋をシェアする相手が見つかったっていうか……」

「……え、まさか次の男を速攻で見つけたとか？」

さすがにそれはないだろうと確信しているくせに、わざとそういう聞き方をする京香に、紗那は咄嗟《とっさ》に口ごもってしまう。

「えっと……次の男を見つけた、とかじゃないんだけど……」

「じゃないんだけど……ってことは少なくともやっぱりシェア相手は男か。……くぅぅ。面白くなってきた。全部白状しないと、今日は帰さないよっ」

ニヤリと笑った京香は、ベルを鳴らして店員を呼ぶ。

「あ、これと同じ赤ワイン。フルボトルで！」

グラスワインから、ボトルに切り替えるオーダーを聞いた瞬間、紗那は『失恋直後、偶然会った直属の上司から、一夜の過《あやま》ちをネタに脅迫《きょうはく》されている事実』を含めて、あれこれ全部、京香に話さなければいけないという事態を覚悟した。

「……なるほどね」

結局どんどん赤ワインを勧められ、酔った勢いも手伝って、行きつけのバーで上司である渡辺隆史と会い、意気投合してそのまま彼の家に転がり込んだこと。未遂なのかそうでないのかわからないけど、一晩を共にしてしまったこと。

それをネタに『腕枕の重石《おもし》』役として同居するように脅され、翌日には隆史に連れていかれた勢いで、勇人と同棲していた部屋から荷物を全部引き取ったこと、などなどを話していた。

「マジか。でもまあ……よかったんじゃない？　付き合っている彼女の後輩の女に手を出すような不誠実な男とは、一分一秒でも関わっている時間がもったいない。渡辺室長が言ったように、さっさと部屋を引き払って大正解だと思うよ。個人的には、昔の男を思ってウダウダするより、紗那がさっさと次の男を見つけたって方が、スッキリする気分」

ぐいぐいとグラスのワインを飲み干して、京香は深々と頷く。

「いや、次の男とかじゃないからっ」

「まあね。でもそこまで週末バタバタしたら、男と別れたショックも、多少はうやむやになってない？　ついでに渡辺室長のせいで、色々考えている余裕もなさそうだし……。ん？　もしかしたらそっちが室長の狙いなのかもしれないなあ……」

「……そっち？　ってどっちよ」

意味がわからなくて尋ね返すと、京香は口元に手を当《あ》てて、ふふふ、と笑ってみせた。

「渡辺室長ってモテるじゃない？」

「……まあ、そうなのかなあ」

確かに条件だけで判断したら、間違いなくモテる。特にあの極悪非道な仕事ぶりを見ていない部外者なら……。紗那がそんな失礼なことを思いつつ曖昧《あいまい》に頷くと、京香は溜め息をついて首を左右に振った。

「親会社から営業不振だった子会社のミナミ冷食の立て直しに来て、あっという間にヒット商品連発。仕事ができる上に、あのルックスでしょ。しかも若くて独身。モテないわけないでしょう」

「まあ客観的に見たら確かにね～」

京香の言葉に紗那は笑って頷く。

「けど、今のところちょっかいを出してくる女子社員に一切甘い対応をしてないんだよね。というか、結構けんもほろろで、声をかける勇気のある女子社員が尽きつつあるのが現状らしいよ」

それを聞いて紗那は深く頷く。

「なるほど。一見優しげな笑顔でバッサリ振る姿は、ものすご～く想像できる」

ついにやりと笑ってしまうと、京香はじっと紗那の顔を覗き込んだ。

「そんな人間が、紗那を捕まえて脅迫《きょうはく》？　腕枕の強要？　いや……ないわ～」

「ないって……どういう意味？」

これ以上何か要求されるのでは、と不安になって尋ね返すと、京香は何故か声を上げて笑った。

「さあ、どういう意味か、ちょっと考えてみたら？　せっかく身軽になったことだし」

「……多分だけど、なんか渡辺室長、ずっと付き合っていた人がいたようだし、別れてから不眠症になるほど好きだったみたいだし、それでちょっかい出されても冷たい対応しているんじゃないかなあ……」

紗那がそう言って考え込み始めると、京香は楽しそうに笑う。

「ま、渡辺室長は少なくとも、好きになった人に対して一途ってことよね。それだけでも、田川の奴より数百倍、マシだね」

そう考えてみれば、確かにそうなのかもしれない。そして自分はそんな不誠実な男と結婚まで考えていたのだ、と思ったらなんだか情けなくなってきた。

「京香……ワイン、私にもちょうだい」

とりあえず返答を避けてワイングラスを傾けると、京香は酔っ払ったまま紗那のグラスにワインを注いだ。

「オッケー。一応まだ月曜日だし、終電に乗れる時間までだったら付き合うわ」

＊＊＊

その後、終電近くまで飲み、ぼうっとしていた紗那は元々の家に帰ろうと改札を通ろうとして、京香に止められ、今日から帰るのは隆史の住むマンションだったと思い出す。京香とは駅で別れて歩き始めた。

「飲んで帰るとはメッセージ送ってあるけど……初日からこの時間は、さすがにまずいよね……。まさか寝てないよね。まあ鍵があるから勝手に入っちゃえばいいか」

マンションのエントランスの前で躊躇《ためら》っていると、タイミング良く隆史からメッセージが飛んでくる。

『まだ外？』

「もうマンションの前」

『よかった。夜が遅いから心配した』

可愛い猫が「よかった」と言っているスタンプ付きで送られたメッセージについ笑ってしまう。

やっぱり猫好きなんだろうか、などと思いながらエントランスに入り、エレベーターで彼の部屋まで上がると、玄関の扉を手で押さえて出迎えてくれたから恐縮してしまった。

「す、すみません」

「おかえり。けっこう飲んだんだろ……。明日も仕事だし、早めに寝た方がいい」

閉じられる扉の音と共に、玄関に一緒に入る。今まで勇人と暮らしていて、こんな風に出迎えてもらったことなんてない。

「……ちょっと感動です」

「何がだ？」

洗面所で手洗いをする紗那に、隆史が廊下から声をかけてくる。

「親以外に、こんな風に出迎えてもらうことなんてなかったですから」

手を洗いながら答えると、彼は鏡越しに紗那を見て小さく笑った。

＊＊＊

それから十日ほど、隆史の厚意に甘えて彼の家で生活させてもらった。いや、休みの日に部屋探しをしようとすると、『運動不足は良くない』と言われて、突然ジムでの運動に誘われたり、散歩に連れ出されたり、結構な勢いで振り回されて、ゆっくり部屋探しをする余裕がなかったというのもある。

だが隆史との生活では、平日の夕食に関してはそれぞれで対応することになっていたため、彼の帰り時間を意識する必要もなく、がっつり好きなだけ残業をしたり、美味しいものを探して京香と外食したり、自由に生活させてもらって、かなり居心地が良いのも確かだ。

それに結局、最初に話していた腕枕の重石《おもし》役、は命じられていない。単にルームシェアしているだけの関係だ。申し訳なさすぎて、家賃を払うと隆史に言ったのだが、分譲だから不要だと断られてしまった。

（というか、渡辺さん……色々謎が多いよな）

やはりこのマンションは彼が購入したものでローンなどもないらしい。都心の便利な地域にあるこのマンションの分譲価格は、どう安く見積もっても、九桁はするだろう。

実家が資産家なのかもしれない。でも彼の仕事ぶりを見ている限り、コネ入社などではなく、本人が優秀なのは間違いない。

そんなこんなのせいで、妙な対抗心があるのか、隙あらばマウンティング行為をしてくる里穂のことには苛立《いらだ》ちつつも、それ以外はある意味充実した生活に、すっかり馴染《なじ》んできた頃。

「お疲れ様です～」

カンパーイの声と共にビールの入ったグラスが合わされる。

久しぶりにあった企画室メンバーでの飲み会に、紗那も隆史も参加していた。

当然のことながら里穂も出席している。さすがに里穂とは距離を置きたいと、遠い席を選ぼうと思ったのに、何故か里穂が斜め前の席に座ってしまった。しかも紗那の隣に座っているのは隆史だ。

とりあえず、前を向いていたくないので、隣の隆史の方に少し体を捻《ひね》って座る。

「里穂ちゃん、なんか最近、親会社の営業の奴と付き合い始めたって聞いたんだけどホント？」

乾杯が終わった瞬間、里穂は隣の若手社員と会話を始める。会話の内容が内容だけに、紗那は隣に座っている隆史のグラスにビールを注ぎつつ、聞こえていないふりをする。

「えー。誰から聞いたんですか？　そうなんですよ～。彼、すごくかっこ良くて素敵なんですぅ」

華やいだ声につい眉を顰《ひそ》めた。

「そっかあ。里穂ちゃん、その彼氏と結婚するの？」

悔しいけれど、思わずその話題にピクンと反応してしまう。別れ話を聞くまでは、プロポーズされると思っていた自分が情けなくて、切ない気分に胸がぎゅっと締め付けられた。

「ええー、まだ付き合って日が浅いからわかりませんよ～。あ、でも彼は結婚したい、ってずっと言ってくれているんですけどね」

うふふふふ、と嬉しそうに笑う声に呼吸が苦しくなる。自分が望んでいた言葉を当然のように受け取っている里穂が妬《ねた》ましくて許せなくて……

「そっかあ。じゃあ意外とゴールインは近いかもね。でも里穂ちゃんが結婚したら、商品企画室、独身の女の子いなくなっちゃうかもしれないなあ」

「ええ〜。紗那さんがいるじゃないですか〜」

そんなところで名前が出ると思わなくて、咄嗟《とっさ》にそちらに視線を向けてしまう。すると、こっちの様子を見ていたのだろう、里穂と視線が合った。誰にも見られてないことをわかった上で、彼女は目線を合わせたままニヤリと嬉しそうに笑う。

「え。和泉さんも同棲している彼氏と、もうじき結婚するとかそんな噂《うわさ》聞いたけど？　ね、和泉さん？」

大きな声で会話をしていたので、気になっていたらしい。そう言ったのは、先輩女子社員の、鈴《すず》木《き》深雪《みゆき》だ。

（しまった。鈴木さんは付き合い始めの経緯を知ってるんだった。……でもって勇人と別れたことは伝えてない）

「…………」

悪意のない深雪の言葉に、紗那はどう答えていいのかわからなくて黙ってしまう。

「――あれ、違ったっけ？」

（鈴木さん、いい人なんだけど……こういう時は気が回らないよね、なんて答えたらいいのか困る）

悪意なく首を傾げている深雪の様子に、なんと言ってフォローすればいいのか迷っていたら、里穂がうふふ、と小さく声を出して笑う。

「ええ～。紗那さん、結婚しちゃうんですか？」

その言葉に、ぞわっと背筋に悪寒が走った。全部壊した本人が、それを壊された本人にそんな風に尋ねるのか。

「……しないよ」

紗那の声のトーンと言葉にさすがの深雪も、余計なことは言わない方が良いと気づいたらしい。さっと顔を蒼くして様子を窺《うかが》っている。それなのに、にっこりと笑った里穂がさらに言葉を重ねた。

「ええ、じゃあ紗那さん、彼氏さんとは……？」

この子は何をしたいんだろう、とグツグツと沸騰するような怒りと、薄気味悪さで本当に吐き気が込み上げてくる。

「……この間別れたところ。相手が浮気男で、二股かけられてね」

じっとその目を見て言う。すると里穂は目をそらさずに少し悲しそうな顔をして、言葉を返してきた。

「そうなんですか、先輩、あんなに尽くしてたのに可哀想……」

里穂の高い声が座席に響いて、他の話をしていた人たちも黙り込み、空気が重たくなってしまった。

(そんなに尽くしていた人から、わざわざ盗《と》っていったの、貴女だよね)

思わず声を上げたくなるけれど、同僚達が聞いている中で、そんなみっともない修羅場《しゅらば》を演じたくない。

「……そうか、それだったら和泉さんは今フリー？」

するると隣から声をかけてきたのは隆史だ。突然の上司の発言に、みんなが一斉に隆史を見る。

「それだったら、俺と付き合わないか？」

シーンと静まり返った店内で、よく通る隆史の声が響く。

「え、あの……」

思わず口ごもる紗那に、深雪が明るい声を上げる。

「あら、和泉さんと室長だったらお似合いね。本当に付き合っちゃいなさいよ！」

どこまで本気で、どこまで酒の上の冗談なのかわからない雰囲気だったので、とりあえず紗那は笑みを浮かべ、深雪に向かって首を横に振った。

「冗談でも、そんな風に言ってもらえて嬉しいです。渡辺室長、ありがとうございます」

笑顔でぺこりと隆史に頭を下げると、彼は深い溜め息をついた。

「ああ、和泉さんがフリーになったって聞いたから速攻で立候補したのに、一瞬で振られたか……」

わかりやすくショボンとした顔をされて、慌ててしまった。

「いや、振るなんて。私にはもったいないってだけで！」

「じゃあ、前向きに検討してくれるか？」

まっすぐこちらを向いて言われて、周りの面白そうな目、期待している目に心がそわそわと落ち着かない。だが唯一、里穂は何故か憎々しげな表情をしている。

きっと失恋して可哀想な紗那ではないこの状況が、彼女には納得いかないのだろう、と思うとほんの少しだけ溜飲《りゅういん》が下がったような気がした。

「……ああもう。わかりました。ちゃんと検討しますから。……なんか変な空気になってしまってすみません。室長、もう一杯いかがですか？」

そう言ってビール瓶を持ち、隆史に向かって傾ける。そんな二人を気遣ってか、周りの人たちは各々《おのおの》の会話に戻っていく。

隆史はその状況を確認して紗那のお酌を笑顔で受けた。まわりの視線が自分達に来てないのを確認して、彼はそっと紗那の耳元で囁《ささや》く。

「……さっきの話、真面目に提案したからな」

少し掠《かす》れた声が耳元で響いて、思わずドキリとしてしまい、手が震える。零《こぼ》れそうになったのを見て、隆史がそっとビール瓶を取り上げた。

「向こうの卓、ビールがなくなっているから、誰か追加してやってくれ」

「はい、わかりました！」

幹事が頷く。隆史の声はいつも通り落ち着いたものだった。

＊＊＊

普段は一次会で抜ける隆史が、その日は珍しく二次会まで付き合った。しかも二次会の途中に彼から送られてきたメッセージには、終わったら駅の向こう側で待ち合わせをしようと書かれていた。

『夜遅くに女性の一人歩きは危険だから』と書いてあるけれど、なんだか本当に社内恋愛をしているみたいで、さっきの空気を変えるために言っただろう告白もどきを思い出し、ドキドキして落ち着かない。

「それじゃあ、お疲れ様でした」

駅の改札で挨拶《あいさつ》をすると、隆史はそのまま駅の向こう側に降りていく。紗那は咄嗟《とっさ》にトイレに寄るふりをして、他の人たちと別れてから、電車が出ていったタイミングを見て、まだ使える定期券を使って改札を出て、駅の反対側に向かった。

「……お疲れ様」

ガードレールに腰かけるようにしてこちらを見ている隆史の姿に、なんだかふっと気持ちが和《やわ》らぐ。

「あ。さっきはフォローしてもらってありがとうございます」

腹黒で合理主義者な人だと思っていた。でも意外な程、私生活では合理主義だけでもないし、他人の気持ちに寄り添ってくれる優しい人だ。さっきは間違いなく助け船を出してくれたのだろう。

もしかしたら二次会まで付き合ってくれたのも、里穂を警戒して守ろうとしてくれたのかもしれない。

「いや、別にフォローしたつもりはないけどな。……この間言っていた、彼氏を盗《と》った知り合いの女の子って、やっぱり金谷さんだったんだな……」

二人で夜の静かな街を歩きながら、小さな声で会話をする。

「バレちゃいましたか……」

「事情を知って、あの状況を見ていれば。だが金谷さんは会社で紗那さんにさんざん世話になっているのに、その人の彼氏を奪うだけでなく、それをわざわざ当《あ》てこする辺り、相当性格が歪《ゆが》んでいると思うぞ。……まあそのせいで、今まで頼りにしていた紗那さんの手助けがなくなって、仕事はあちこち滞《とどこお》っているが。正直、彼女に頼む仕事は今後徐々に減っていくだろうし、今の査定のままなら少数精鋭の企画室には不要だ。他の部署に出すことになる」

はぁっと溜め息をつく。確かに業務に支障が生じるのなら、彼女に頼める仕事は減るだろう。普通ならそんな通達があればショックを受けそうだが、里穂の場合、楽になって良かった、と喜ぶかもしれない。

「来年度には、他の部署に異動してもらおう……。もう少し彼女に向いている部署に」

そんなところあるのだろうかと思うけれど、そもそも商品企画室は人数が少ない割に仕事が多い。花形部署で人気もあるが、人一倍、地道かつ熱心に働ける人でないとなかなか務まらないのも事実だ。

「……でもなんだかんだ、ああいう可愛いタイプって男性に受けますよね」

さっきも企画室の男性社員が嬉しそうに彼女に絡んでいた。そんなことを思い出しながら、ぽつりと呟くと、彼はぐしゃりと髪を掻き上げる。整えられていた髪が少し降りてきて、プライベートの彼の顔に近づく。

住宅街に入る道は、街灯が仄《ほの》かな灯りをアスファルトに落としている。コツンコツンという二人だけの足音が静かな街に響く。

「俺は金谷さんみたいな裏表のあるタイプは苦手だ。……彼女の行動は常軌《じょうき》を逸《いっ》していて、理解できない。……紗那さん」

一瞬立ち止まって彼が声をかけてくる。紗那はその顔を見上げた。

「……何かあれば俺がフォローするから、一人で悩んでないで相談してくれ」

真剣に言葉を重ねられて、紗那は小さく頷く。

「いえ、大丈夫です。そもそも迷惑ばかりかけて。部屋にも住まわせてもらっているし……」

「いや、迷惑なんてかけられてない。ああ……そうだ。そもそも俺が腕枕させてほしいって頼み込んで住んでもらったんだからな。そろそろお願いしようか」

クスクスと笑って、ふわりと頭を撫《な》でられた。彼はそのまま一歩進んで先を歩き始める。紗那はびっくりして足を止めてしまった。

「……いやか？」

振り向いてこちらを見つめる表情は、街灯の陰のせいかどこか不安げで、紗那は大きく息を吸って、心を決める。

「いえ、問題ありません。私、約束は守るタイプなんで！」

らしくなく、頼りない表情を浮かべる隆史がなんだか気になり、腰に手を当《あ》てて、強気の姿勢で言い切ってみる。すると彼はくしゃりと破顔した。

「良かった……。紗那さんのおかげで俺の安眠は守られたも同然だ」

そっと差し伸べてくる手を取って、なんとなく手を繋いで歩き始める。

別に恋人みたいな意味じゃなくて、二人とも酔っ払っているから、足元が怪しいので支え合っている……ということにしておきたい。

「……さっきの話だが、多分金谷さんは、まだまだ紗那さんにマウントを取ってくると思う。普通ならその相手の男と紗那さんの別れ話に、金谷さんがわざわざ顔を出す必要はないし、なんだったら素知らぬふりをして付き合っていても、結婚でもしないかぎり、誰と誰が付き合っているかなんて知らせなくてもいいだろう？　付き合い出したタイミングがわからなければ、別れた後に付き合い始めたって思うものだし」

「まあ……そうでしょうね」

いつの間に彼女から恨みを買ったのかわからないけれど、ずいぶんやり口が執拗《しつよう》だとは思っていた。

「その彼氏を巡って、対抗心を燃やしているのかなんなのかわからないが。……とりあえず、俺と付き合い始めたって周りに言っておけば、復縁の可能性は減るだろうし、金谷さんが絡んでくる可能性は減ると思うんだ。うちは社内恋愛禁止とかではないから、その点に関しても問題ないだろう？」

コツンと靴音が響いて、紗那は手を繋いだ人の顔を見上げる。台詞《せりふ》の割に、笑ったりしてない、真剣な顔に目が吸い寄せられてしまう。

「……そ、それって、違う意味で面倒なことになりません？」

「いや。俺としては全く困らない。なんだったら面倒なちょっかいとか、縁談が減って助かるかもしれないな」

その言葉に、紗那はふっと息を吐き出す。京香の話を思い出して頷く。

「面倒なちょっかい、って……。なるほど、女性避けには、彼女持ちって言うのが一番ですよね」

紗那は納得できる理由を見つけて、にっこりと笑って再び歩き始める。

「いやそういうんじゃなくて、俺は真面目に……」

隆史が言いかけた瞬間。

ニャーン、という猫の鳴き声がどこからか聞こえて、彼が足を止める。

「猫？　ですかね」

そう声をかけると、彼は唇の前に人差し指を置いて、静かにするようにというジェスチャーをした。

それから鳴き声がする方に歩いていく。

「ササラ？」

近づいていくと、キジトラの猫が道に飛び出してきて、そのまま通りを走り抜けていく。そのタイミングで車がヘッドライトをつけて通りすぎ、猫が轢《ひ》かれるんじゃないかとヒヤッとした。

「……危ないですね。って……ササラ？」

「いや、以前飼っていた猫がマンションから飛び出して、その後、行方不明で……けど、今の子は、キジトラだけどササラじゃないな……」

ササラ、というのは猫の名前だろうか。ちょっと変わった名前の気もする。紗那がそんなことを考えている間も、彼の視線は猫がいなくなった方向を見ていた。

「そういえば、リビングの窓際にあるのは、キャットタワーですか？　猫を飼っている様子がなかったので、なんなんだろうって思ってたんです」

そう尋ねると彼は小さく頷く。

「ああ。紗那さんは入ったことがないかもしれないが、猫用の部屋が一部屋あるんだ。リビングのキャットタワーは外が見えるから、猫が留守番している間に外を眺められるように取り付けた……。生粋《きっすい》の部屋飼いの猫だったから……外で生き残れるか心配だ。愛想だけはいい子だったし、どこかで誰かに拾われているといいんだが……」

心配そうに辺りを見回している様子に、また違った彼の顔を見てしまったと紗那は思う。

「もしかして、寝不足の原因は、猫のこともあるんですか？」

こんな風に気にしているくらいだ。飼い猫が行方不明になったら心配で眠れなくなるかもしれない。その言葉に彼は長身をかがめ、困ったように笑った。その表情になんだか心臓がドキリと跳ね上がる。

「……まあ、他にも色々重なって……こう見えて、俺は繊細で心配性なんだ」

職場では根回しは完璧だし、腹黒で冷たい人だと思っていたのに、猫のことまで気にして寝不足になるなんて、やっぱり全然今までのイメージと違う。……根回し上手なのも、心配性で人に迷惑をかけたくないだけなのかもしれない。ふとそんな風に考えていた。

(今まで渡辺さんを誤解していたのかも……)

そう思うと、余計に申し訳ない気持ちになってくる。

「……寝不足だったら、ちゃんとゆっくり眠れるようにした方がいいですね。腕枕役、私やりますよ」

そう言って、ぎゅっと手を握る。一宿一飯以上の恩は受けている。それだけの恩はしっかり返さないと。ちゃんと腕枕の重石《おもし》役をやろう。

そう決意を固めた頃には、マンションの前に着いていた。


先にお風呂を使わせてもらって、髪を乾かしている内に隆史が出てくる。

「……本当にいいのか?」

リビングでぼそりと呟く姿はちょっとだけ不安そうだ。最初は脅迫《きょうはく》するくらいの勢いでこの話を言い出したくせに。妙に控えめな態度が不思議で、紗那は彼の前に立って、わざと明るい声で彼の顔を覗き込む。

「一宿一飯のお礼は、この体で返させていただきます！」

気合いを入れて言ったら、隆史は視線を逸らした。しかもその視線がおろおろと宙をさまよう。

「……体で返すとか……誤解が生じるだろう、言い方がっ」

「誤解が生じるって、ここにいるのは私達だけだから、渡辺さんが気にしなければ問題ないじゃないですか」

変に意識される方がやりにくい、とまでは言えないけれど、わざと声を大きくして言い返すと、彼は口元を手で覆った。妙に顔が紅いのは、やっぱり酔っ払っているからだろうか。

「……まあ。言いたいことはわかるが、そういうことじゃないのは……わかってないんだな……」

隆史はぼそぼそ何かを呟きつつ、それでも彼の寝室に紗那を連れていく。お酒の勢いを借りた紗那は先にベッドの縁《ふち》に腰かけて、戸惑っている感じの隆史に、ちょいちょいと手招きをする。

「やりますよ。来てください」

「……マジか。急にノリノリだな……」

ギシリ、と音を立てるベッドに、一瞬よからぬ妄想が湧き上がりそうになる。そういえばこのベッド、最初の日以来だ。ドキドキしたら急に逃げ出したくなった。

その感情をなんとか呑み込んで、自分のベッドだからか、あっさりと横になった隆史の腕の中にそっと頭を置いた。

「あ、あの。さすがに緊張するんで……」

抱き合うみたいなのはちょっと無理だ。顔は彼の方を向けない。隆史は背中越しに紗那を抱きかかえるようにした。手が紗那の腕の辺りに伸びて、安心させるようにほんの少しだけ触れる。

「ああ、いい重みだな。……じゃあ寝るか。……お休み」

「お、おやすみなさい」

気のせいか、微かに頭頂部に唇が触れた気がする。何を話して良いのかわからずに、声すら上げられず固まっていた紗那だが……

「……もしかして、寝た？」

酔っ払っているせいかもしれないが、彼はそれから数分後には、小さな寝息を立て始めた。どうやら紗那に腕枕したまま、平然と寝ているようだ。

（寝不足が……それだけたまってたってことかな……）

固まったまま、紗那は暗い部屋をぼんやりと眺める。

（そういえば結局、私、この人と本当にシタのかな。それとも本当はシテないのかな……。平然と寝てるってことは、そういう意味では興味がないってことだよね……？　今日あんな告白っぽいこと言ったのに……やっぱり単純に重石《おもし》役ってことで……）

勇人と別れた日の夜のことは深く考えないようにしている。隆史もそれらしい空気を出してこないどころか、腕枕だって約束していたのに実行したのは今日が初めてだ。

いきなり紗那をこの部屋に連れてきて、引っ越しの手伝いまでして。挙げ句の果てに里穂のたちの悪い絡みからも庇ってくれた。

（なんだかんだ言いつつ、いい人、なんだよね……）

清潔で心地良いベッドと何故か落ち着く香りのする腕の中で、気持ち良さそうな寝息を聞いている内に、紗那もゆっくりと意識が落ちていく。

里穂に対する苛立《いらだ》ちも忘れて、気づけば朝までぐっすりと眠ったのだった。

第四章　失恋の痛みは上司に癒《い》やされて

翌朝会社に行くと、注目されている隆史の発言だったせいで、飲み会でのことが既に噂《うわさ》になっているようだ。

朝一の京香からのメッセージによると、昨日の隆史の『俺と付き合わないか？』という発言が一人歩きしており、企画室の飲み会で、衆人環視の中、渡辺室長が部下の女性に告白した、という話となって浸透しているらしい。

とりあえず京香とランチに行く予定だけ決めると、そわそわしつつも仕事に取りかかる。だがつい気になって視線を向けた先にいるのは、今朝まで一緒のベッドに寝ていた人だ。

（室長は……いつも通り、何も変わらないな）

あれだけ周りの注目を集めているのに、当の本人はその事実に気づいていないような涼やかな表情で、目の前の仕事をどんどん片付けている。いや、いつもより調子が良さそうで張り切っている気がするくらいだ。今朝起きた時、すごくよく眠れた、と言って喜んでいた表情を思い出す。

（やっぱり寝不足だと途端に弱るタイプなのかな……）

などと隆史を視界に入れながらぼんやりと考えていると、同じチームの鈴木深雪が声をかけてくる。

「和泉さん、新しいパッケージの試案が上がって、ミーティングルームに置いてあるの。確認してもらってもいい？」

頷いて、商品企画室の一角にパーテーションを区切って作られたミーティングルームに向かう。机の上には先日紗那が発注をかけた新商品のパッケージ案がいくつも並んでいる。紗那が一人で、それを一つずつチェックしていると、資料を持って入ってきた深雪が躊躇《ためら》いがちに尋ねてきた。

「ね。あの、あの後大丈夫だった？」

「え、なんのことですか？」

「昨日……トイレに行った後、和泉さん、電車に乗ってなかったから。なんか金谷さんがどうしたんだろうってすごい心配していたのよ……」

確かにあの後電車に乗らず、隆史の家に向かった。なんで里穂が気にしているのだろうと思いつつ、笑顔で誤魔化す。

「ああ、大丈夫です。トイレに寄っていたら友達から電話が来ていて、そのまま話してたら皆さんより一本後の電車になっちゃったみたいで」

けれど、何故か深雪は心配そうな表情で紗那の顔を覗き込んだ。

「そっか……だったらいいんだけど……。昨日の金谷さん、ちょっと色々おかしかったよね。喧嘩《けんか》腰《ごし》っていうか、なんていうか……。それと、私も和泉さんのプライベートなこと、あんなところで迂闊《うかつ》に話しちゃって、ごめんなさい」

深雪はそう言うと申し訳なさそうに頭を下げた。勇人とのことを話題にしてしまったことを謝罪してくれたらしい。

「いえ、かえって気を遣わせてすみません。私の方は大丈夫ですから……」

紗那も頭を下げると、深雪はホッとしたように微笑み返す。

「でも室長があんなこと言うなんてすごいびっくりしたなぁ。室長真面目だから、意外と本気かもしれないよ。私、応援するから」

「な、何もないですよ」

慌てて否定した瞬間、狙ったかのようなタイミングでひょいとミーティングルームに顔を出してきたのは隆史だ。

「鈴木さん、和泉さん、新しいパッケージデザイン、どう？」

「あっ……私はこのBパターンがいいと思うんですけど、って話をしてて」

突然話題になっていた本人が登場して、急いで真面目な顔を取り繕《つくろ》った深雪は、パッケージの片方を指さす。

「Aの方は、デザインは目を引きますけど、商品名がデザインに埋没《まいぼつ》しちゃうかなって」

「確かにそうですよね。実際にパッケージを見ると、商品名がわかりにくいかも」

深雪の主張に紗那が頷くと、にこりと笑って深雪は隆史に場所を譲る。

「室長も真正面から見て確認してください。じゃあ、私の意見はそんな感じで。和泉さん、後は室長の意見も聞いてもらってもいい？　私、一本電話しないといけないの忘れてた」

深雪はパタパタと手を振って、ミーティングルームを後にする。

「確かに、商品名の収まりはBの方がいいな。和泉さん的にはどっちがいいと思う？」

腰に手を当《あ》てて覗き込む横顔を見て、いつも通りだななんて思いつつ、隣に立ってパッケージデザインを見比べる。

「そうですね。Aも案の時にはいいなって思ったんですが……。実際に上がったのを見たら、私もBがいいと思います」

意見が一致したところでホッとして笑顔を見せると、何故か隆史が眉を下げて困ったような顔をしていることに気づく。

「……なんか、悪かったな。妙に話が大きくなっているみたいで」

その言葉で、昨日のことについての噂《うわさ》が隆史の耳にも入っているのだと理解する。

「すみません。私が中途半端《はんぱ》な態度を取ってしまったから……。もっと冗談に聞こえるノリで返せたら良かったのに」

「いや、昨日のことは俺が悪い。……百パーセント悪いから、後は紗那さんがいいようにしてくれてかまわないよ。噂《うわさ》を肯定するなり、否定するなり、利用するなり……好きにしてくれ」

職場で二人称が変わったことに驚いていると、彼はいつも家にいる時みたいに、にやっと悪そうな顔で笑った。

「まあ俺のオススメは、上司に口説《くど》かれて困ってます、でもその上司が少し気になってきちゃって……っていう恋愛っぽいスタンスかな。その方が金谷さんの面倒くさい絡みから解放されるかもしれない」

それだけ言うと、隆史はパッケージデザインについて最終的な決裁書類を回すように指示をして、ミーティングルームから出ていった。

（って、室長は、それでいいの？）

どういうつもりなんだろうか、と思いつつ、紗那は彼の背中を見送ったのだった。

＊＊＊

その後、社内での噂《うわさ》はなかなか収まらず、落ち着かない毎日を送っている。

京香は隆史が紗那に恋愛感情を持っているのではと言うが、紗那はそんな感情で言ったのではないと思う。

（そもそも、恋愛感情があったら、腕枕で寝るだけの関係なんてどう考えたらいいのかわからなくなってしまうし……）

紗那は隆史の家のベランダで夜風を浴びながら、外を眺めている。お気に入りの場所になったせいで、隆史には飼っていた猫のササラみたいだ、と笑われてしまったけれど。

「そうだ。いい加減マンションの契約を終了させないと」

勇人のことだ。きちんと処理しているか怪しい。任せきりにしていたら面倒なことになりそうだ。

そういえば両親には、勇人と別れたことをまだ言っていない。住んでいるところを解約するのであれば、そこら辺の話も追々しないといけないだろう。

よく考えたら、勇人と別れて一月《ひとつき》も経っていないのだ。まだまだ感情だって整理し切れていない。それを振り切るような気持ちでメッセージを送る。

『マンションの契約を来月末までに終了するんだったら、不動産屋さんには連絡済みなんだよね？　あと、最後に荷物の確認をしたいんだけど』

すると即座に返事があった。

『連絡は入れてある。確認はいつにする？』

愛想も素っ気もない答え。溜め息をつきながら、それに返信を送った。

『じゃあ次の土曜日の都合のいい時間を教えて。あと面倒だから金谷さんは絶対に連れてこないでね』

正直、勇人と会うことすらストレスを感じるのだ。その場に里穂がいたらと思うだけで怖気《おぞけ》が走る。

『わかった。俺もややこしいのは嫌だから。じゃあ次の土曜日の午後一時にマンションで』

あっさりと終わった会話の後、しばらくメッセージを見てしまう。今更どうしようとも思わないし、きっとそのうち忘れたい恋愛の思い出になるのだろうけれど、紗那にとっては初めて結婚を意識した相手でもあったし、なんだかひどく気分が落ち込んでいく。

「でも。この辺りで蹴りをつけないと」

呟いて気合いを入れるようにパシンと顔を両手で叩いた。瞬間。

「……蹴りをつけるって何に？」

後ろから声をかけられて、思わずびくっと肩が揺れてしまう。

「……飲む？」

そう言って隆史が持ってきたのは缶ビールだ。

「……いただきます」

「じゃあ、乾杯」

缶をぶつけ合うと、ペチリという間が抜けた音がした。

「で、何に蹴りをつけるの？」

ベランダの柵《さく》に寄りかかったまま、ぽつりぽつりと会話をする。

「前住んでいたマンションを引き払うために、一度会うことになったんです」

「……元彼と？」

その言葉にこくりと頷いて、ビールを一口飲む。

「大丈夫？」

「大丈夫です。それにちゃんと契約終了しておかないと、後でややこしいことになっても嫌ですから……」

紗那がそう答えると、彼はふぅっと息を吐き、顔を仰向けてぐいっとビールを飲む。ゴクリと飲んだ瞬間の喉の動きが妙にセクシーで、慌てて視線を逸らした。

「止める、わけにも行かないしな」

妙に切なげな声で言われて、どうしたら良いのかわからなくなる。

「……心配、してくれるんですか？」

そう尋ねると、彼は困ったように小さく笑った。

「まあ正直、行かせたくないな……」

そう言うと、紗那の肩に落ちた髪を一筋取る。くるりと指に絡ませて、ツンと引っ張った。

「紗那さんの住んでいたマンションのすぐ側に、カフェがあったな。その店で待っているから終わったら来てほしい」

突然の申し出に、紗那はびっくりして目を見開く。

「え、ついてくるんですか？」

「もちろん。紗那さんは俺の大切な腕枕の重石《おもし》役だからね。不調になられると、とっても困る」

冗談めかした言い方をすると、くすりと笑って指に絡めた毛先にキスをする。

それはまるで恋人同士の親しげな仕草みたいで、ドキッとすると同時になんだか切ない気持ちになった。

「……重石《おもし》役にずいぶん親切なんですね」

わざと可愛くない言い方をしてしまう。ふと、勇人と喧嘩《けんか》した時に、言い方が可愛くないと言われたことを思い出し、ぎゅっと胸が苦しくなった。

「……それだけじゃない。けど、多分今、それを言っても受け入れられないだろう？」

するりと毛先に絡めた指を解放し、彼はビールの缶を持って、部屋の方に戻っていく。

「……とりあえず、カフェにはいるから」

そう言うと、向こうを向いたまま、手だけこちらに向けてひらひらと動かす。紗那はこの胸の疼《うず》く感覚を受け入れたくないような、複雑な気持ちで先ほどまで紗那の髪に触れていた大きな手のひらを思い出していた。

＊＊＊

土曜日の十三時。待ち合わせ時間にマンションの部屋に行くと、そこには勇人が立っていた。

「開ける？」

「……ああ」

答えると彼は自分の持っていた鍵を使って扉を開けた。

「私の荷物はもうないと思うよ。残っていて不要なものは処分していいけど」

二人して靴を脱いで部屋に入ると、いくつかは勇人も持ち出したのだろう。がらんとした空間が広がっていた。

「そういや、すぐに荷物移動したんだな。もう新居は決まったのか？」

心配してくれるような表情を少し嬉しく思ってしまう自分が悲しい。

「友達のところで預かってもらっている。もうこっちの家に戻りたくなかったから」

そう返すと、彼は下を向いて黙り込む。

「後は処分しないといけないものぐらいかな」

洗濯機や冷蔵庫は勇人が欲しいと言ったので譲ることにした。この家に来て買った家電については持っていく気が起こらなかったのが正直な気持ちだ。

「部屋のカーテンとかは？」

「……処分して」

「わかった。そういえば、このダイニングセット」

勇人は四人用の小さなダイニングセットに触れる。これも二人で予算とにらめっこしながら、それでもしばらくは使えそうなものを買ったのだった。そんな家具の処分をして、こうやって二人の生活が終わっていくのだな、と紗那は二人で何度も囲んだダイニングセットを見て切ない気持ちになった。

「そうだね。これも……処分しないとね……」

「捨てるくらいなら、俺もらっていってもいい？」

だが続いた言葉に紗那は目を瞬《しばた》かせた。

「いいけど……どうするの？」

「もちろん、新しい部屋に持っていこうと思ってさ」

何も言わないし聞く気も起こらないけど、もしかしてこのダイニングセットを新居に持ち込むつもりだろうか。まさか里穂と暮らすために？

「あ、あと。テレビとゲーム機、どこにやったんだよ」

しんみりしていた気持ちを土足で踏み荒らすように、勇人が足を進め、テレビがあった場所を指さす。

「え、テレビもゲーム機も私が同棲する前に買って持ち込んだものでしょ。当然私が持っていったけど？」

「ケチくせぇなあ。どっちも俺の方が使ってたんだから、こっちに寄越したっていいじゃないか」

「は？」

彼の言葉に自分の中で大切な何かがガラガラと壊れていくような気がした。

（そうか、私は彼との別れを惜《お》しみたかったけど、この人は自分が欲しいものをもらいに来ただけなんだ……）

そこには別れた恋人に対する思いやりや、優しさは皆無だ。

「……っとに、勇人って無神経だよね」

少なくとも、前の彼女を知っていて、その人と暮らしていた時に使っていたダイニングセットなんて、新しい彼女との新生活の拠点に持ち込みたいと紗那なら考えない。

しかも里穂はこの家に来たことがあるのだ。紗那は、自分が彼氏にそんなことをされたら、ドン引きする。

「あ、そうだ。ベッドも……」

そのうえ、勇人が走り出した先には、同棲生活に浮かれて買ってしまったダブルベッドがある。

それが欲しいと言うのだったら……

——ホント、すがすがしいほどにクズだ。

「それは絶対に嫌。処分して」

「ええ、いいじゃん。コレ結構高かったし」

いいと答えたら、このベッドも新居に持ち込むのだろうか。なんだか、里穂と会話していた時みたいな、ぞわぞわした気持ち悪い感覚が肌を這《は》う。

「高いとか安いとかそういうんじゃないでしょ。前の彼女と使っていたベッドを新居に持ち込んで、新しい彼女と寝るとか絶対あり得ないから」

思わず叫ぶように言うと、勇人はニヤッと笑顔を見せた。

「……妬《や》いてるんだ？　なんだったら最後の思い出に一回やっとく？」

ブチ、と血管が切れたような気がした。紗那のエッチが下手《へた》だと里穂に言って乗り換えたくせに、最後だと思ったらそんな最低な誘いをするのか。

……もう色々と限界だった。

「私さ、今すごく思っていることがあってさ……」

じっと目の前の男を見て、嫌な気持ちを少しでも減らしたくて深々と息を吐き出した。

「なんだよ。やっぱり俺が好きだって言いたいの？」

この男はどこまで頭がお気楽に出来ているのだろうか。いや、出会った頃は穏やかな優しい人だと思っていたのに、ここ最近でどんどん変わってしまった気がする。

「……私、勇人と別れて、心の底から本っ当に良かった、って今、そう思ってるわっ」

ぶち切れた紗那の台詞《せりふ》に絶句した勇人を軽蔑《けいべつ》の眼差しで見つめ、先日、ここから紗那の荷物を持っていってくれた業者にもらった名刺を確認し、速攻で連絡した。

すぐに来て不要な家具は処分場に持っていってくれるということなので、ベッドを寄越せとかぐちぐち言う勇人を無視して、ベッドと勇人が引き取る気のない家具をその場で持って帰ってもらった。


「じゃあ、後は自分のものだけさっさと持って帰ってね。引き渡しの五日前に残っているものは、全部処分するから。で、月末に不動産屋さんに連絡したら、再来月分の家賃はいらないし、そのまま更新もせず契約終了して終わりね」

最後ぐらい任せようかと思っていたけど、勇人は全く信頼が置けない。そう判断した紗那はそれだけ言うと、引き留めたそうな勇人を無視して、さっさと部屋から出ていく。

廊下を通って、使い慣れたエレベーターで降りている内に、なんだか空《むな》しくて力が抜ける。

自分が付き合っていた恋人は、一体どんな人間だったのだろう。二年も一緒に暮らしていたのに、その正体がドロドロに溶けて、正体不明の何かになってしまったような気がする。

(はぁ……私、男性を見る目ないなあ……)

多分自分から人を好きになったら上手くいかないタイプなんだ。そう思いながら、通りを歩いていく。

「あ。そういえばカフェに、渡辺さんが待っているんだっけ……」

しばらく恋愛なんてする気はない。そう思っている一方で、隆史の顔を思い浮かべると、なんだかホッとしてしまう。そんな自分の矛盾点に気づかないようにして、紗那はカフェの中を覗き込んだ。

「……お疲れ様」

彼はノートパソコンのキーボードを叩いていた手を止めて、にこりと笑顔を見せた。

「何か飲む？」

その声に、ぐったりといった感じで紗那は向かいの席に座り込む。

「久しぶりに、クリームソーダ飲みたい……」

呟いた言葉を聞き、隆史は店員に注文を伝えてくれた。

「結構かかったな」

ちらりと視線を送られて、紗那は頷く。

「不要な家具まで、こないだの業者さんに頼んで持っていってもらったので」

そんな話をぽつりぽつりとしていると、紗那の前にクリームソーダが届く。

紗那はようやっと人心地ついて、緑のソーダをまとわせたアイスクリームを一口食べる。

「俺が思うに、それ」

ものすごく真面目な顔をして言うからなんだろうと思って彼の顔を見上げる。

「氷とソーダとアイスが接している部分が、シャリシャリしてて一番美味しい」

再オーダーした自分のアイスコーヒーを飲みながら、彼は紗那のクリームソーダを指さして重々しく宣言する。なんだかおかしくなって笑ってしまった。

「確かに私もそこが一番美味しいと思います。二番目に、このアイスとソーダの境かな」

笑いつつソーダ水を啜《すす》る。互いにくすりと笑った後、ふと会話が途切れて、ぼうっと窓の外を眺めている。まだ外は明るくて、休日の穏やかな夕暮れ前だ。

「……疲れた？　それとも気晴らししたい気分？」

十分ぐらいかけて紗那がソーダを飲みきった後に、隆史は職場では見たことのない柔らかい笑みで尋ねる。紗那は少しだけ考える。

「気晴らししたいですね。思いっきり」

すると彼は我が意を得たりとばかりに、笑みを浮かべ、紗那に手を伸ばす。

「じゃあ少し気晴らしをしに行くか……」

さっと伝票を持って立ち上がる隆史に、あの日置き去りにされた伝票を自分で全額支払ったことを思い出す。こんな小さな出来事でも、記憶は上書きされるのだ。

「あ、付き合ってもらったんですから、私払いますよ」

伝票をもらおうと伸ばした手に一瞬触れて、彼はそのまま会計に向かう。

「……代わりに、夕食は何を食べたいか考えといて」

一瞬振り向いて、そう言って笑った。

「って。な、なんで気晴らしって言ったら絶叫マシンに乗ることになるんですかっ」

その後、気晴らしならコレが一番、と隆史に連れてこられたのは、都内にある遊園地だ。しかも最近人気だというかなり過激なジェットコースターに乗ることになってしまった。

「ちょ、ちょっと。渡辺さん、これ、意外に登ってますよ」

カタタン、カタタン、とコースターは暮れ始めた空に向かってリズミカルに登っていく。

「最大落下傾斜角度は八十度。しかも落下速度は都内最高速……」

「ちょ、待ってください、そういうことは先に……っぎゃあああああああああああああーーーーーーーーーー」

ビルの屋上のようなところを走ったり、壁穴みたいなところを通ったりスリル満点で、ぎゃあぎゃあと声を上げている紗那の横で、隆史はゲラゲラと笑っていた。思いっきり声を上げたせいか、なんかテンションが上がってきた。

「てか、渡辺さん、笑いすぎです！」

「……気晴らしには最高だろう？」

大きな声でそんな会話をしていると、コースターはスタート地点に戻る。紗那は、隆史が伸ばしてくれた手に掴まって、ジェットコースターを降りる。

「……いいですね。こんなに叫んだの、久しぶりです」

「じゃあ、次に行くか！」

夕暮れの遊園地で手を繋いで歩き回るなんて、いつぶりだろう？　お互いに絶叫を上げられそうなアトラクションを指さすと、ギリギリを楽しむみたいに煽《あお》り合って乗って回る。夕方のせいか、園内は空《す》いていて、あまり待たずに乗れる状態だ。

「次は……コレだな」

そう言って隆史が指さしたアトラクションを見て、紗那は慌てて逃げ出そうとする。

「ちょ、絶叫って……お化け屋敷は無理ですからっ」

「……そうなのか。ここは偽物に交じって本物が出るって噂《うわさ》らしいのに……」

「余計に嫌ですっ」

「時間帯も、逢魔《おうま》が時《とき》だからな。一番いい時間帯なのに……」

「渡辺さん、絶対にからかってますよね！」

「……じゃ、お化け屋敷をパスする代わりに、お願いしたいことがあるんだが……」

ふっと口角を上げて笑う。夕暮れの紅い光の中で、整髪剤で止めてない隆史の髪がさらさらとなびく。夕日のエフェクトで、少女マンガみたいに世界がキラキラして見えて、思わず胸がドキンとした。

「今度はなんですか？」

「せっかくのデート気分なのに、苗字で呼ばれると気分が下がる。名前で呼んでくれたら、お化け屋敷はなしにしておこう」

「……え？」

思わず聞き返すと、半《なか》ば無理矢理手を繋いだまま、隆史は容赦なくお化け屋敷の方に向かって歩き始める。

「ダメなら行くか……」

「やめてえええええ」

「じゃあ、名前で呼ぶか？」

「え、ええええええっ、ちょっと、ちょっと待ってください！」

あっという間にお化け屋敷のすぐ前まで来ていて、スタッフの人が、入るのかな、というような表情をしてこちらに視線を送る。

「わ、わかりました。……名前で呼べばいいんでしょう？　はい、隆史さん、たかふみさん、たーかーふーみーさん……で。いいですよねっ」

思わず叫ぶと、彼は足を止めて眉を顰《ひそ》めた。

「……その呼び方はちょっと……」

「悪かったですね。どうせかわいげも色気も皆無ですよ。だから振られたんですよ」

「……そんなことは一言も言ってないし、紗那さんは可愛いと思うし、色っぽいとも思っ……いや、なんでもない」

そう言っていきなり目線を逸らすから、それだけ本気でそう思ってくれているみたいで、ドキドキしてしまう。

潤《うる》んでいるであろう目を逸らして、お互いにそっぽを向く。

「あ、そうだ。観覧車に乗ろう。夕暮れ時に見る観覧車からの景色が好きなんだ」

ほんの一瞬の躊躇《ためら》いの後、そう早口で言って、彼は紗那の手を引いて観覧車の方に向かう。気のせいか未《いま》だに目元が赤い気がするが、夕日のせいかもしれない。

大きくて目立つ観覧車の前まで来ると、彼は何も言わず紗那と一緒に観覧車のゴンドラに足を踏み入れた。

ゴトンという低いモーター音が聞こえる閉鎖空間で、彼は紗那の手を握ったまま、二人で並んで腰かけ、沈みかけた夕日を見上げる。

「観覧車なんて久しぶりだな……」

繋いでいない方の手でひさしを作り、まだ沈む前の明るい夕日を見つめながら隆史が呟いた。そんな彼の横顔をじっと見つめていると、ふと振り向いて視線が合う。瞬間、ふっと笑った表情にドキリとさせられた。

「今日、何があった？」

夕日に照らされて、俯き加減の彼の睫毛《まつげ》を見つめて、意外と長いのだななどと思っていると、突然聞かれて口ごもってしまう。

「……待っている間、気が気じゃなかった。また紗那さんが傷つけられたんじゃないかって……」

その言葉に紗那は苦く笑う。

「ありがとうございます。どうやら幸いなことに傷つくほど大事な相手じゃなくなりつつあるみたいで……」

ぽつり、ぽつりと会話を続けながら、二人して日が暮れつつある遊園地を見下ろす。

「それは……紗那さんに取っていいことなのか、どっちなんだろうな」

それでも紗那の気持ちを一番に考えてくれるのは、隆史が優しいからだろう。

「うーん、後もうちょっとしたら、きっといいことになるんだと思います」

今日の勇人との会話はひどく落胆したけれど、どこかスッキリした気もする。それに優しいことばかり言われたら、余計別れが切なくなったかもしれない。

「渡辺さんも……」

「名前で呼ぶ約束だろう?」

そう言って彼は小さく笑う。

「……隆史、さんも…………」

「……俺も?」

「彼女さんと別れて、しばらく辛かったですか?」

そう言葉にした瞬間に、胸がズキリ、と痛くなる。自分から聞いたくせに、聞かなければ良かったと思ってしまう。

「……好きな人に失恋した時の話か?」

そう言うと彼は既に暮れかけている空を見上げて息をつき、柔らかく笑みを浮かべた。

「そうだな~。今も辛いよ。……でも諦めてないから期待もするし、そのせいで余計辛いんだろうな」

「そうですね。私はある意味諦めがついたから、もうあまり辛くないみたいです」

今感じている胸の痛みは、勇人のためのものじゃない。きっと、昔の恋人を思って切ない笑みを浮かべる、この目の前の人のせいだ。なんだかすっかりこのマイペースな人に気持ちを持っていいかれてしまったようだ。

ついさっき、しばらく恋愛なんていいって思っていたくせに……なんて考えた瞬間に、こちらをじっと見て、彼は笑う。

「じゃあ、可能性が少し出てきた、かな」

「それってどういうことですか……」

その可能性が、なんだか紗那と連動しているように思えるのはどうしてだろう？

カタンと金属音がして、観覧車がてっぺんに上がったことに気づく。赤と青に支配された空の下で、隆史が紗那の頬に触れる。

「……嫌だったら、この間みたいに逃げたらいい」

「この間？」

そっと躊躇《ためら》いがちに触れた手のひらは、すごく心地良くて、彼が近づいてくる気配をわかっていながら、逃げ出す気になれない。

微かな息をついた彼がもっと迫ってきて、ふ、と淡く唇が重なる。次の瞬間ぎゅっと抱きしめられて、夜眠りにつく時のように彼の胸に顔を押しつけられていた。

（キス、され……ちゃった？）

なんでそんなことになっているのか、自分でも理解できない。でも今抱きしめられていて、その腕の中から逃げ出そうとは思えない自分に気づく。

隆史は何度も紗那の髪を撫《な》でてくれる。その手が温かくて気持ち良くて、なんだかホッとするのに感情が荒れ狂う。

「――っ」

何故かボロボロと涙が零《こぼ》れて、泣き声が出そうになるのを必死に堪《こら》えた。

「……泣いてもいいと思うぞ。少なくともここなら俺が慰《なぐさ》めてやれる」

その言葉に一気に感情が溢《あふ》れて、彼の胸にすがりながら、微かに声を漏《も》らして泣いていた。

第五章　記憶の上書きは官能で

その後、観覧車が地上に降りるまでさんざん泣き、目が腫《は》れた紗那を見て、隆史は外食ではなく、夕食をテイクアウトにすることにした。二人で部屋に戻ってきて食事をしながら軽くお酒を飲む。

「なんだか、妙にスッキリした顔をしてるな」

からかうような口調にもずいぶん慣れて、平気で言い返したりもできる。

「顔は腫《は》れてパンパンかもですけどね。……泣いてもいいって言ったのは、隆史さんの方じゃないですか。でも確かに泣いたらスッキリしました」

徐々にお酒が入ってくると、つい今日、勇人と一緒にいた時の話をしていた。それを聞いて、紗那以上に隆史が憤慨《ふんがい》してくれる。

「なるほど。本当に気色悪い男だな。そいつ。ミナミ食品の営業だよな」

そういえば、隆史もミナミ食品から出向してきているのだ。ふと以前の彼のことが気になった。

「そうですけど……隆史さんはミナミ食品でも商品企画にいたんですか？」

「最初は営業で、人事にもいたし、その後商品企画に三年くらいか。それで冷食に出向して一年半」

隆史は数を数えながらそう答える。

「ずいぶんあちこちの部署を異動しているんですね」

彼は曖昧《あいまい》な笑みを浮かべて頷く。その感じだと勇人とはすれ違いだったのかもしれない。

「……さてと、これだけ片付けておくから、先に風呂に入ってくれ」

そう言うと、さっと立ち上がって片付けを始める。

「あ、私やりますよ」

「まあ……色々疲れただろうし。まだこの後も飲むつもりだから、そっちの準備をしておく。今日はとことん付き合ってやるから覚悟しておけ」

付き合ってくれるのに、覚悟しておけという彼の優しさに小さく笑う。再び促《うなが》されて、交代で風呂に入り、改めて気楽な格好になってお酒を飲み始めた。

「今日持ち帰ってきたピザ、美味しかったですねぇ」

ふふふと笑顔で話しかけると、彼も少し酔っ払っているようで、緩慢《かんまん》な動きで紗那の顔を覗き込みながら頷く。

「モッツァレラはちゃんと水牛のじゃないとな」

「そうですよ。それ、大事！」

今日は家の近所にある持ち帰りもできるイタリアンで、遊園地を出る前に予約して、ピザを買って帰ってきたのだ。それが絶品だった。

「ほんと、隆史さんと一緒だと、美味しいものが一杯食べられて最高ですね」

今、目の前にあるつまみも夕食を買ってきた店で用意してもらったものだ。

「あ、知ってます？　私、営業部の松岡京香と一緒に、会社の近くのイタリアンによくランチに行くんですけど、あそこも美味しいですよ」

「ああ、俺もたまに行く。あの店の前菜付のパスタランチは値段を考えたらレベルが高すぎる」

「隆史さんも知ってたんですね。あそこいいですよね～」

お気に入りの店を褒められると、なんだか嬉しくなる。思わずニコニコしながら答えると、正面の隆史は目を細めて頷いた。

「やっぱり、紗那さんはいいなあ……」

酔っ払っているせいだろうか、いつもより緩い表情の彼が嬉しそうに笑う。

「何がですか？」

「まず一つ目に、食べ物の趣味がバッチリ合うだろう？」

確かに隆史が美味しいと思って勧めてくれた食べ物はどれも美味しい。そもそも彼が企画した『贅沢《ぜいたく》チルド』シリーズ自体、紗那が作りたいと思っていた冷凍食品の理想に、確実に近い商品なのだ。もちろん、理想はもっと高いけれども。

「確かに。……でも、だからちょっと嫌だったんです」

むぅっと膨れてグラスに口をつけると、彼は驚いたように『なんで？』と声を上げた。

「だって、私がやりたいって思っていた商品ラインを、商品企画室に来ていきなり作ってしまうし。前の室長にかけ合った時は、そんなの売れないからダメってずっと却下されていたんですよ。それなのに隆史さん、企画室に来た途端、同じような商品企画を立案して、あっという間に商品化してヒットして……うらやましくてちょっと憎らしかったんです」

酔っ払ったせいだろうか、それとも彼への好意を自覚したせいだろうか、思った以上に素直な言葉が出て、それが『隆史をちょっと苦手』だと感じていた自分の本音だったのだ、と気づいてしまった。

「……紗那さんは最高だな」

隆史はクツクツと笑いながら紗那の頭に手を伸ばし、ぽんぽんと撫《な》でた。

「憎らしいって言ったのに？」

「だってそれだけ俺と好みがぴったりだってことだろう？　いや仕事を一緒にしていてわかっていたけれど。一緒に生活するようになって想像以上に色々な感覚がぴったりで……」

頬杖をついて、こちらをじっと見つめる。何が言いたいのか、先ほどの観覧車でのことを思い出して、じわっと熱が高まる。

「あのさ……次の恋愛を考える余地がある程度には落ち着いた？」

その言葉になんて答えるべきか迷う。まだ一ヶ月も経ってないのに、と答えるべきなんだろうと思う。けれど。

「この間はちゃんと待ったから、今回はもう待たなくてもかまわないか？」

この間は何を待って、今回は何を待たなくていいのか。そもそも、隆史がずっと思っていた人のことはもういいのだろうか。疑問を抱きながらも、頬に伸ばしてきた手に自らの手を重ねて尋ねていた。

「隆史さんは、もう準備、整っているんですか？」

過去の恋愛を吹っ切れたのか、という言葉の代わりに出た台詞《せりふ》だ。すると彼は上気した表情で眦《まなじり》を下げ、とろりと溶けるような柔らかい声で答える。

「……紗那さんを受け入れる準備なら、とっくに整っているし、この間ちゃんと言っただろう？」

もしかして最初の夜に何か言われたんだろうか。一瞬考え込んだ顔をしたのがバレたらしい。

「やっぱり覚えてないんだな。……あの夜、俺は紗那さんに『失恋したばっかりで、そんなこと考えられない』と振られたんだ。だから……もしその余裕ができたのなら……」

結局あの日、隆史とはどうなったんだろう。

「あ、あの。実はあの日のことはほとんど覚えてなくて……」

そう言うと、隆史は一瞬宙を見上げ、額《ひたい》に手を当《あ》てて深々と溜め息をつく。

「やっぱり……そんなことじゃないかと思ったんだ。話が噛み合わないし、反応があれこれおかしいから」

どうやら記憶がなかったことはうすうす感づいていたらしい。気づかれていたことにホッとしたが、その次の言葉に、紗那は真っ青になった。

「いやさ、紗那さん、あの日俺の部屋で酒を飲んで色々愚痴《ぐち》を言った後、『私、そんなにエッチが下手《へた》くそなんですか、ねえどう思いますか？』って聞いてきたんだよ」

わざわざソファーの隣の席に座って、耳元で囁《ささや》かれて、紗那は咄嗟《とっさ》に逃げ出したくなる。あの翌朝の薄ぼんやりとした記憶は間違ってなかったのか。恥ずかしくてたまらない。

「あ、あの。私、お酒のおかわり取ってきます」

けれど立ち上がろうとした瞬間、手首を掴まれて、その場から逃げ出すのに失敗した。

「……もし紗那さんが嫌じゃなければ、俺は酒よりもっと酔えることをしたい」

耳元で囁《ささや》く声はいつのまにやら、溶けそうなほど甘い。何度かの添い寝で馴染《なじ》んだ香りは、心地良いドキドキ感だけを紗那に覚えさせる。

「酔えること……って？」

「あと、紗那さんの『エッチが下手《へた》くそ』って認識をちゃんと変えたい」

その言葉に、うっと詰まってしまった。その隙を段取り上手な上司は逃さない。

「……この間のこと、どこまで覚えている？　途中までしたから、俺は紗那さんのこと、ある程度は知っているんだけど」

「知ってるって、な、何を、ですか……」

途中までって……そうだ、あの時二人とも服を着ていなかった。何かあったのは間違いないのだろう。

「少なくとも、紗那さんがあんな男のせいで、コンプレックスを抱かなくてもいいってことは知っている」

ソファーの背に追い込まれて、そっと頬を撫《な》でられる。

「今度こそ、ちゃんと覚えている状態で、もう一度教えてあげたい。悪いのは紗那さんじゃないってことを」

こつんと額《ひたい》同士を合わせる。キスされるのかと思っていたから、ドキドキしてしまう。

「……嫌？」

じっと至近距離で見つめられる。真剣でまっすぐな視線。

「いや、なんて……言えない雰囲気です」

そっと視線を逸らして答えると、彼は薄く微笑む。

「まあ、そう仕向けているからな。だったら一度ぐらい試してみたらいい。もしかすると世界が変わるかもしれない」

それはエッチが下手《へた》な紗那を感じさせてくれるということだろうか、だとしたら隆史は相当な自信家だと思う。でも……変われるものなら変わってみたい。

「……わかり、ました」

隆史は紗那の理性をなくそうとするように、柔らかく頬を撫《な》でる。お酒のほろ酔いと心地良い香りと、優しい指先に陥落し、紗那はそっと目を閉じた。次の瞬間、そっと唇を啄《ついば》まれる。最初は優しく、その次はもう少し深く。

「ん……」

何度も角度を変えて触れて、隆史は紗那の高まりを待つ。物足りなくなるくらい優しく触れて、わななく吐息を漏《も》らした唇を彼はようやく割った。そっと肩や首筋を撫《な》でる。押しつけがましくなく、穏やかに触れられて全身の力が抜けそうだ。

「って、ここでしたい？」

充分に理性を溶かされて、それからようやく耳元で囁《ささや》かれ、今自分がいるのがリビングのソファーだと思い出す。首を横に振ると、満足げに喉の奥でくつくつと笑った彼に手を取られてベッドルームに連れていかれた。

腕枕の重石《おもし》役をしに、何度か入ったベッドルームは思ったより紗那を緊張させなかった。余計なことは言わずに、お互いベッドの縁《ふち》に腰かけて、唇を重ねる。それだけで、勇人の時とは違う期待とドキドキに、心が支配されている。

(勇人の時と何が……違うんだろう)

彼がそっと紗那をベッドに押し倒した。薄目を開けると、隆史の整った顔が至近距離にあって、紗那の額《ひたい》に、頬に、耳元にキスをする。一瞬視線が合って、彼が柔らかく笑む。

「大丈夫……嫌じゃない?」

言いながら体を浮かせ、逃げられるだけのスペースを作ってくれる。けして無理強《むりじ》いをするつもりがなさそうな様子に、紗那はほっと息をつく。

「大丈夫、です」

触れられて嫌じゃないのは、やっぱり隆史に惹かれているからだ。自覚すると彼の唇が、指先が触れる度《たび》、紗那の体の悦《よろこ》びはますます高まっていく。たくさんキスをしながら、彼の手は紗那のパジャマの前ボタンを外していく。露《あら》わになる肌に、優しく唇が落ちてきて、その度《たび》に微かに身を震わせた。

「紗那さん、自覚してる? すごく綺麗だ」

その言葉につい目を開き、彼の視線に晒《さら》されている自分の体を見てしまう。既に上半身の服はすべて隆史に奪われていた。

「ちょっ……恥ずかしい」

思わず声を上げ、自分の手で胸元を隠そうとする。

「それ、余計男を煽《あお》るだけだぞ」

そう言うと隆史は紗那の手を取り、その手のひらに唇を押しつけた。

「手のひらへのキスは懇願《こんがん》、らしい」

切れ長の目が紗那の目をじっと見つめている。

「俺は、紗那さんが全部ほしい」

その台詞《せりふ》を聞いた途端、胸がきゅっと切なく疼《うず》く。こんな風に真っ正面から望まれたことなんてない。恥ずかしくてたまらなくて、視線を逸らし、それでも小さく頷く。

「――っ」

一瞬だけ、彼の呼吸が乱れた。ちらりと顔を見ると、目元が真っ赤だ。

「……あの、どうしたんですか？」

動かなくなってしまった彼が心配で声をかけると、次の瞬間、ぎゅっと抱きしめられてびっくりしてしまう。

「紗那さんが、可愛い」

ぎゅっぎゅっぎゅと、何度も抱きしめられて戸惑う。落ち着いてほしくて、そっとその頭を撫《な》でた。

「ああもう全然だめだ。余裕なんてまったくない」

次の瞬間、一層強く抱きしめられて、耳元で囁《ささや》く声は切羽詰《せっぱつ》まったような響き。ドキンと心臓が高鳴る。

「悪いけど、もう限界。全部もらうことに決めた」

そう言って、チュッと唇にキスを落とす。やんわりと両手首を捕らえられてベッドに押しつけられた。そのまま唇が鎖骨の辺りに落ちてくる。

「あっ……」

思わず声が上がってしまう。吐息まじりに彼が何度も「可愛い」と囁《ささや》く。甘い言葉にドキドキして、心臓が壊れそうだ。いくつもキスが降ってきて、胸元にも唇が触れる。白い肌を味わうように丹念に舌で舐められて、ゾクンと愉悦《ゆえつ》が込み上げてくる。じわっと血液が集まるような感覚。唇が掠《かす》めるだけで、ゾワリと甘い感覚が強まり、漏《も》れる吐息は切なさを増す。

「ほら、もう感じてる」

手首を解放されて、彼が空《あ》いた手でやわりと胸を揉《も》む。大きな手が胸を包み込むのにも心臓が高鳴ってしまう。一瞬、職場で軽やかにキーボードを叩く指を、デスクの横に立って見つめていた時のことを思い出す。

隆史の手はスラリと指が長いのに、節々がしっかりしていて、男の手、という感じがする。紗那の好みの手だなんて、その時初めてドキッとしたのだ。顔は好みではないとずっと思っていたのに、室長の手は素敵かも、なんて思ったことを思い出すと、その手で触れられている事実に、官能がじわりと目覚めて、体が熱くなる。感じている体から、恥ずかしい香りを放ってしまいそうで、どうしようもないほど恥ずかしい。

「ホント感じやすくて可愛いな。ここもう、こんなに張りつめてる。先も……」

「やぁっ」

瞬間、胸の先に吸い付かれ、ビクンと体を大きく揺らしてしまう。自然と胸を反らし、彼の口元に胸を押しつけるような格好になった。彼は一瞬楽しげに笑い、押しつけられた胸の先をたっぷりと舌先で転がして、紗那にさらなる嬌声《きょうせい》を上げさせた。

「紗那さんとエッチしたら、俺は気持ちいいし、幸せだ」

名残惜《なごりお》しそうに、胸の先にキスを落とす彼と視線が交わる。すごく淫《みだ》らで幸せそうに微笑むものだから、瞬間、体から力が抜ける。

「だから不安がらずに、気持ちいいって、素直に思ったらいい。感じてくれたら男は嬉しいし、もっと感じさせたくなる。そもそもどっちかだけ気持ちいいなんてことはなくて、自分が気持ち良くないのは、相手が気持ち良くないからだ」

隆史がそう言っているのは、例の話が紗那のコンプレックスになっているからだろう。思いやってくれる気持ちが嬉しくて、紗那は眉を下げる。彼は一生懸命紗那に触れ、いくつもキスを降らした。やわやわと揉《も》み立てていた手が胸の先に触れて、硬く凝《しこ》ったそれを指の腹で転がすようにすると、お腹の中がきゅんきゅんとうねるみたいに快楽が広がっていく。

「それ、きもち……いっ」

またピクンと体を震わせると、もう一方の先が彼の唇に触れ、そのまま甘く噛まれて吸い上げられる。

「あ、ぁあっ」

堪《こら》えきれずにはっきりと喘《あえ》ぎ声を上げてしまった。

「紗那さん、声も可愛い」

冷たくて厳しいはずの上司は、ベッドでは激甘で、不安な紗那をたくさん褒めてくれる。普段こんなに褒められることがないから、余計に嬉しくなってしまう。単純すぎる自分が少しおかしい。

「隆史さん……褒めすぎ」

「よくできる子は褒める。そもそも紗那さんは俺に注意されることはあっても、叱られたことなんて、ほとんどないだろう？」

言われてみたら、確かにそうだ。丁寧に作成した書類は『わかりやすくまとめられている』と言われたことが何度もあるし、良い提案をすれば隆史は必ず褒めてくれた。もちろん叱られることがないように仕事はいつもきちんとしてきたつもりだが……

「ま、今は仕事のことなんてどうでもいい。男としての俺は、ひたすら紗那さんを甘やかしたい気分だ」

そっと頭を撫《な》でられて、言葉通りたくさん甘やかされる。可愛い、綺麗だ、といくつも褒め言葉をもらってますます幸せな気持ちになる。何度も触れられた胸の先は、赤く色づきピンと張り詰めている。

(ちょっと……綺麗かも)

そんな風に思ってしまうほど、普段の自分より肌が艶《つや》やかでしっとりと色づいていた。乱れる吐息を吸い上げられるように口づけられて、頭がとろとろに溶けていく。

「……ほら、こんなに濡れてる」

さんざん紗那の胸を弄《もてあそ》んだあと、彼の唇はゆっくりと下に降りて、紗那の下着の上から感じやすい部分を指先で捏《こ》ねる。

「やぁ……そこ、だめぇ」

制止する声は甘くて自分じゃないみたいだ。下着の上からなのに、すでにクチュクチュとエッチな水音が聞こえて、一杯褒められて蕩《とろ》けた体は、素直に快楽を享受《きょうじゅ》する。

「あぁ、可愛すぎる。そんな声でダメとか言われたら、絶対にしたくなる」

感じやすい部分を掘り起こされるように、下着の上から何度も触れられているうちに、布一枚のもどかしさが徐々にたまらない気持ちにさせる。自然と腰が揺れて、もっと快楽を享受《きょうじゅ》しようとしている。その度《たび》、ふるふると胸まで揺れてしまう。

「あぁ、胸まで揺らして、やらしいなあ。紗那さんは」

瞬間、胸の先にかじりつかれて、とろとろになった下着の下に指が入ってくる。それだけでたまらなくて、潤《うる》んだ瞳でいやいやと顔を振りながらも、密かに愉悦《ゆえつ》に溺れる。中がはくはくと喘《あえ》ぐようにに震え、とろりと蜜を溢《あふ》れさせる。

「紗那さん、今どんな格好しているか、自分でわかる？　気持ち良くて感じる度《たび》に体を震わせて……。ここもそこも白くて柔らかくて。そのくせ、ここだけはこんなに硬くてコリコリで、すごく感じてるって主張してる……」

片手で胸を揉《も》まれ、痛いほど屹《た》ち上がっている胸の先を撫《な》でられ、もう一方の手は下着の下で固くしこっている淫《みだ》らな芽を転がされる。二つの官能の芽を両手で嬲《なぶ》られて、お腹の奥がきゅんきゅんと切なく疼《うず》く。

「あ、そこっ……いっしょ、だめっ」

「すぐにでも俺を受け入れてくれそうだ」

胸を舐められて、じゅっと音を立てて吸い上げられる。それと同時に隆史の指が蜜で溢《あふ》れる中に入ってくる。

「ああっ」

無骨な指が内壁を滑る感覚に身を震わせてしまう。くいっと軽く中から押されて、一瞬頭の奥で火花が散ったような気がした。ぴくんっと体が跳ね上がる。

「……ああ。中までぐちゃぐちゃでとろとろだ。紗那さん、自分でもわかる？　俺の指をぎゅって締め付けてる。軽くイッちゃったんでしょ。紗那さん、すごく感じてるんだよ」

胸を舐めながら、じっと目を見て言われると、ぞわわわと愉悦《ゆえつ》が背筋を這《は》い上がってくる。お腹がぎゅんってなって、中がきゅっと締まる。

「はっ。だめ、も、イ……っちゃうっ」

ピクン、ピクンと体が震えて、中が激しく収縮する。一気に達して、こんな風になったのは久しぶりすぎて、なんだか涙が浮いてきた。

「立て続けだ。……ね。こんな風にすぐ気持ち良くなっちゃう人が、エッチが下手《へた》なわけがない」

チュッと唇に小さく口づけを落とし、隆史は笑う。厳しい上司にベッドで褒められて、じわっと嬉しさが込み上げてくる。

「私、エッチ、下手《へた》じゃない？」

泣き笑いのまま紗那が思わず尋ねると、隆史は安心させるようにぎゅっと紗那を抱きしめた。

「紗那さんは全然下手《へた》じゃない。感じやすいし、愛情を持って触れたら、あっという間に達したし。……このところイケてなかったのなら、多分ソイツが紗那さんを大事にしてなかっただけ。ってか、自分の気持ち良さばっかり追求してたんじゃないか。いや、思い出すとむかつくからもう一切そいつの話はすんな」

「って言っているのは、隆史さんじゃないですか」

咄嗟《とっさ》に文句を言うと、彼は小さく笑って、情けなさそうに眉を下げた。

「……わかってる。俺が嫉妬《しっと》して、みっともないだけだ」

「嫉妬《しっと》？」

もしかして、焼き餅を焼いてくれたんだろうか、そう思うと何故か嬉しくて胸がきゅんと切なくなった。ぎゅっと彼の背中を抱きしめる。大きくて、温かい感触が身も心もじんわりと熱くする。

「紗那さんは大切にしてくれない男のところにずっといて、それで傷つけられたり苦しんでたりしていたんだろう？　俺だったらそんな想いはさせないって……そういうのも多分嫉妬《しっと》だろ？」

自嘲気味に笑って彼はそっと頬を撫《な》でた。

「だから俺は紗那さんが俺を信じてくれて、心も体も預けてくれたことが一番嬉しい。心を預けられないと、ちゃんと気持ち良くなれないだろうから」

その言葉に、自分はいつからか勇人に自分自身を任せられなくなっていたのかもしれない、と気づいた。痛くされる、我慢しなきゃいけない、そんな風に思っていたのかもしれない。

(でも、今私は、この人が気持ち良くしてくれるって信じ始めている)

その気持ちを最後まで確認するために、紗那は両手を彼に伸ばした。

「ね……最後までちゃんと、してください」

なんだか甘えたくなって、そう囁《ささや》く。ちょっと前まで苦手だった上司に対して、こんな風に素直になれるなんて思ってなかったのに。

「ばかだな、紗那さんは。そんなこと言われたら、本当に抑えが利かなくなるぞ」

彼はそう言うと紗那の下着を取り上げ、もう一度彼女の体を大きく開いた。恥ずかしいのに、心臓がドキドキして、もっとされたくて仕方ない。

「あぁもう。ここ、まだ口でもしてないし、たっぷりじらして、どろどろに溶かして、紗那さんが必死になるまで追い詰めたかったし、それで色々と忘れさせたかったのに」

ぶつぶつと文句を言いながら、枕元に用意していたらしいゴムをつけている彼の姿を不思議な気持ちで見つめる。

「一応言っておくが……紗那さんとするの、初めてだからな」

ぽつりと告げられた言葉に、紗那は咄嗟《とっさ》に彼の顔を見上げる。

「あの日、泥酔《でんすい》していた紗那さんに『エッチが下手《へた》って言われたから確認してほしい』って迫られて、さすがに酔っている状態でってのは、まずいなって思ったんだが。……あんまり紗那さんが色っぽく迫るから……何度かイかせて……。たまらなくなって、最後までしようって誘ったら、今度は『失恋したばっかりで、そんなこと考えられない』って言って断られたんだ。……まあ酔っていても、紗那さんの意思は尊重したかったから、いったん手を止めたら……紗那さん、そのまま満足して寝た」

思い出しておかしくなったのか、苦笑を浮かべる。準備ができた彼は、紗那の顔の横に手をついて、じっと彼女の顔を覗き込む。

「それは……我ながらひどいですね」

さんざん触らせて、絶頂まで達して、多分彼もその気になっていたのに、断って自分だけ満足して寝ちゃうって……

状況を想像し、笑いが引っ込み思わず真顔になる。我ながら本当にひどすぎる。そこで耐えるなんて隆史はいい人だ。……そんな思いをさせたことを、謝るべきかどうか、一瞬迷う。その紗那の表情を見てとったのか、隆史は小さく笑った。

「紗那さんもそう思うだろ？　それでも貴女に腕枕で寝てもらったら、この世の天国かってくらいよく眠れた。まあ寝る前に……隣で寝ている紗那さんをネタに一回抜いたけどな。そうでないと寝ている紗那さんを確実に襲ってただろうから許してほしい」

つんと鼻先を突かれて、屈託なく笑われると、とんでもない報告をされているのに、なんだか大切にされたように思えて、胸がキュンとしてしまった。

「ま、そ、それは仕方ない、ですよね……」

男性の本能を考えると、そうしないと眠れないだろう。慌てて頷く紗那を見て、彼は『まったく、困った人だな……』と甘ったるく呟きながら、まだ溶けきっている彼女の入り口へ自らをゆるゆると押しつけた。ぐちゅんぐちゅんと表面をかき回されて、感じやすい芽にゴム越しの彼が触れると、びくんと体が跳ね上がる。そのまま彼はもったいぶるように紗那のどろどろに溶けた部分に彼自身を擦りつけるように何度も往復して愛撫《あいぶ》する。

「はっ、ぁん」

ハクハクと入り口が痙攣《けいれん》し、奥まで彼が欲しいとじわんと中が熱くなる。

「……で、今回もやめとく？」

そこまでしておいてから、わざとそんなことを聞いて、意地の悪い顔をするから、紗那は我慢させた自分の反省も込めて、首を左右に大きく振った。

「やめません。この間はごめんなさい。きちんと最後までするから……気持ち良く、させて」

そう囁《ささや》くと、彼は眦《まなじり》を下げて柔らかく笑い、次の瞬間、熱の込もった息をついて、紗那の中に入ってくる。

「あっ……お、っきい」

想像していた以上に大きい彼自身に、ぐっと中を広げられて、思わず声を上げた。みっしりとした充溢感《じゅうそくかん》に自分の中がヒクヒクと震え、悦《よろこ》んでいることを理解してしまう。

「って紗那さん、それは……殺し文句だな」

彼は興奮したようにハッと息を吐き、呼吸を整えると蕩《とろ》けるような表情を浮かべて紗那の奥まで入ってくる。中をいっぱいに満たされて息が乱れる。何故か心がじんわりと熱くなる。そっと紗那の手を取って、隆史はもう一度紗那の手のひらに懇願《こんがん》のキスをする。紗那が小さく微笑むと、体を伏せて紗那の唇にも口づけた。

「ね、紗那さん、キス、好き？」

唇を合わせたまま、緩やかに腰を動かされて、先ほどの快楽が一気に込み上げる。小刻みに揺らされて、蜜で溢《あふ》れた中からかき混ぜるような淫《みだ》らな音が立つ。彼に内壁を擦られる度《たび》、気持ち良さが溢《あふ》れてしまう。

「は、あぁ、んっ……あ、あは、ぁあっ」

「好き、みたいだな……」

彼に緩やかに貫かれ、耐えきれず甘い声が上がる。喘《あえ》ぎを吸い取るように何度も口づけされて、押し開かれるように彼自身を受け入れていると、お腹の中からじわじわと気持ち良くて、たまらなくなってぎゅっと彼に抱き付く。息苦しいほど口づけを交わし、舌を絡め合う。口の中も巧みな舌先に刺激されて、頭がとろとろに溶けてしまいそう。

「紗那さん、の中、最高に気持ちいい……すごい、締め付けてくる」

「やぁ……たっ……ふみさ、そんなこと、言っちゃ、だめ。も、気持ちいいっ……」

「あぁ、乱れる紗那さん、可愛い……」

優しく褒めてくれるからこそ、自分も素直に想いを伝えられる。以前のように途中で乾くこともなく、とろとろになったまま突かれて、時折キスが深くなったり、代わりに褒め言葉が降ってきたりすると、どんどん体の力が抜けて溶けてしまいそう。優しく髪を撫《な》でられて、甘い言葉をたくさん浴びて、体だけでなく、心まで満たされていく。

「ぁあ、だめ、またイっ……」

気づくとめったに絶頂にいけなかった体が、また次の波に攫《さら》われるように頂上を目指して駆け上がっていく。ぱんぱんになるほど詰め込まれた、愛おしい、優しい、温かい言葉と仕草に感じながらも、深いところで癒《い》やされていくようだった。

「ほら、やっぱり紗那さんはエッチ上手だ」

「ん……たかふみさ、も、気持ちいい？」

彼をぎゅうっと締め付けて、絶頂をまた一つ越えて尋ねると、視線の合った彼は息を乱して、何故か困ったような顔をする。息を乱し上気する表情は、普段のクールな彼から想像もつかないくらい、いやらしくてセクシーで、それなのにどこか可愛い。きゅんっと再びお腹の中が疼《うず》く。

「あぁ、またっ……きちゃう」

「あぁ、紗那さんの体はエッチで最高に感じやすくて、際限ないな……」

丹念に官能を高められ、感じやすくなった体は絶頂に至るスイッチが入りっぱなしになったみたいだ。ガクガクと震えながら、声も上げられず数度目の絶頂に達する。気持ち良くて、体中が甘いシロップ漬けになったみたいに、愉悦《ゆえつ》に溺れる。

ぎゅっと紗那が彼の腕を掴むと、彼は息を詰めて動きを速める。とろとろの体は彼の熱くて硬いモノにたっぷりと擦り上げられて、ずっと蜜音が途切れない。耳までその淫《みだ》らな音で犯されているみたいだ。ぎゅっと手を繋ぎ、じっと愛おしげに見つめる彼の視線に晒《さら》されて、彼と交わっているという事実だけで愉悦《ゆえつ》が高まっていく。

「ああ、紗那さん、たまらない……」

紗那の中の彼はますます大きく張り詰めて、背筋を反らした彼は目を閉じ、感覚だけで紗那を堪《たん》能《のう》している。その表情を見ながら、紗那は今まで感じたことのない、深い愉悦《ゆえつ》の果てを感じる。

「あぁ、は、あぁっ……たか、ふみさっ……、も、一緒にっ」

一番高まったところで、たまらず彼の手を握りしめ喘《あえ》ぐと、彼は紗那の腰を抱いて、さらに深いところまで紗那の中を貫いた。

次の瞬間、大きく腰を振り、紗那の最奥で達した彼が蕩《とろ》けた表情のまま、紗那の胸に覆い被さってくる。汗をかいた頭が紗那の肩口に来て、紗那は抱きしめるようにその頭を撫《な》でた。しばらく互いの背中に手を回し、ぎゅっと抱きしめ合う。

「……ありがとう。すごく良かった……」

「ありがとうございます。私も、ちゃんと……気持ち良かったです」

紗那の言葉に彼は顔を上げ、視線を合わせる。それからどこか恥ずかしそうに、眉を下げて困ったように笑う。

「……こちらこそ、本当に、ほんとうにめちゃくちゃ気持ち良かった」

コツンと額《ひたい》を合わせて、彼がそのまま抱きしめてくる。

「困ったな。紗那さんが最高に……可愛い。愛おしい。こういうのって、どうしたらいいんだろうか」

ちょっと壊れ気味の彼の様子が妙に可愛くて、そっと頬にキスをすると、彼がガバリと体を起こし、紗那の両手を掴み、ベッドに押しつける。

「紗那さん、お願いだ。……もう一回してもかまわないか？」

彼の懇願《こんがん》の声を聞きながら、紗那は里穂の『エッチが下手《へた》』という呪いの言葉が、綺麗に浄化された気がして、なんだかおかしくなってくすくすと笑ったのだった。

第六章　曖昧《あいまい》な私と彼の秘密

ゆっくりと意識が覚醒《かくせい》していく。紗那は目を開けて辺りを見回した。

（あれ、昨日は……）

次の瞬間、視界に入ってきたのは顔だけは見慣れている、けれどこんな無防備な姿を見るのは初めてかもしれない人の寝顔。

「……そっか」

昨日のことを思い出し、じわじわと熱が込み上げてくる。

失恋からまだ一ヶ月も経ってない。それなのに恋人でもない人と最後までしてしまった。でもそれが人生で一番気持ちいい体験だったなんて……

（こういうのって、相性とか、そういうのってあるのかな……）

少なくとも、彼から見た自分は『エッチが下手《へた》な女』ではなかったらしい。それは自分自身の感じ方でもわかる。もし勇人の時に昨夜くらい感じられていたのなら……あんな風に振られることはなかったのかもしれない。

「……おはよう」

そんなことを考えていた時に目の前の男性の目がぱちっと開き、次の瞬間、幸せそうな顔をして微笑む。

「ここしばらくで一番よく眠れた。ありがとう、紗那さん」

大きな手のひらが紗那の背中に回されて、ぎゅっと抱きしめられる。肩口に小さなキス。

（あ、勇人じゃこうはならなかったんだ……）

次の瞬間、本能的にその考えが胸に落ちてくる。一緒に過ごした後、こんな風に言ってくれた人は他にいない。お互いの気持ちを告げ合ったわけでもないすごく中途半端《はんぱ》な関係だけど、その分、少しの遠慮が逆にお互いの言葉をきちんと口にするべきだと思わせてくれているのかもしれない。

柔らかく髪を撫《な》でて、頬に一つキス。

けれど、自分達の関係は恋人同士ではないのだ。なんだか不思議で、それでいて居心地は悪くなかった。

「おはようございます。私……ちょっとお腹が空《す》きました」

照れ隠しにぽそりと呟くと、彼は盛大に噴き出す。

「なんか変なこと言いましたか？」

恥ずかしさもあってムッとして呟くと、彼は首を横に振りつつもまだ笑っている。なんだったら、ちょっと目尻に涙が出るくらい笑っている。

「いや、全然。紗那さんは欲望に素直でいいな、と思って」

妙に意味深に、彼は紗那の耳元で囁《ささや》く。

「昨日の夜も欲望に素直で、めちゃくちゃ可愛かったし」

その言葉で一気に昨日の記憶が蘇《よみがえ》る。一度だけでなく、二度か……三度ぐらいしてしまった気がする。その度《たび》に官能は深くなり……

「って、そんな顔されたら……ヤバイ」

ガバリと隆史はベッドから飛び起きて、その場に落ちていた下着を身につける。

「あっ……」

瞬間、彼の下着の向こうに、紗那の下着が転がっているのが見えて、叫び出したいほどの羞恥《しゅうち》が湧き上がる。視線に気づいたのか、隆史はその下着を手で拾う。

「これ、もう着ない方がいい。洗濯物に出しておくけど……」

「ちょっと待ってください。お風呂入るまではそれを着て……」

そう言いかけると、隆史は唇の端を上げて小さく笑う。

「……いや、本当にオススメしない。昨日、紗那さん、めちゃくちゃ感じてたから」

そう言うと、紗那に下着を渡してくる。触れたそれは確かにもう一度、身につけようと思えるような状態ではなくて。

「――っ」

言葉にならない声が上がってしまった。全身が燃え上がるように熱い。そんな紗那を見て彼は体を向こうに向けたまま、顔だけ振り返って困った顔をする。

「そんな顔すると、もう一度襲いたくなるから……。いや今の顔だけで、結構俺、臨戦態勢ぐらいまで……」

「臨戦態勢……？」

その言葉に思わず彼の下半身を見てしまう。こちらには見せないようにしているのは、下着の中の彼が、そうなっているからだろうか。

「見るな。……俺、先に風呂入って、頭冷やしてくる。紗那さんは少し寝てて。出てくる時に、バスタオルを持ってくるから、それ使って風呂に行ったらいい」

そう言うと彼は部屋を出ていく。紗那はぼうっとしているうちに、うとうとと眠気に誘われる。微睡《まどろ》みながら昨夜の自分を思い出す。まるで嘘みたいだ。あんなに声を上げて隆史にしがみついて……

(多分意識を失ったみたいに寝ちゃったんだ……)

最後に達した彼がそっと紗那を抱きしめて、何かを言ってくれた気がするのだけど、それすら思い出せない。でも心が温かくて気持ち良くて……紗那は心地良い眠気に負けて、快適な二度寝をし始めたのだった。


その後、風呂から上がった隆史に声をかけられて、バスタオルを巻き自分の部屋で着替えを持ってから風呂に入る。浴室からリビングに戻ると今度は隆史がソファーで眠そうにしていた。

「……あの、隆史さんも……寝不足ですか？」

尋ねると、彼は苦笑してソファーから立ち上がる。

「結構朝方まで……シテたから」

その言葉に、またもや昨日の記憶が蘇《よみがえ》り、かぁっと熱が込み上げてくる。

「お、お腹空《す》きましたよね。何か作りましょうか？」

紗那の言葉に頷きながら、彼はコーヒーをカップに注いで紗那に手渡す。苦みの強いコーヒーを飲みながら、紗那は隆史と並んで冷蔵庫を開けた。

「あ。ゴルゴンゾーラ」

「紗那さん、ゴルゴンゾーラ、いける？」

癖のあるブルーチーズだが紗那は結構好きだ。こくこくと頷くと、彼はそれを冷蔵庫から出す。それから生クリーム。

「じゃあ、メインはパスタでいいか」

そう言いつつ、彼は冷凍庫からそら豆とエビも出してくる。

「じゃあ、パスタは隆史さんに任せます」

「任された！」

腕まくりして力こぶを作る。思わず笑ったけれど薄く筋の入る綺麗な前腕に、つい見とれてしまう。料理ができてかっこ良くて……間違いなく目の保養になる。

「じゃあ、紗那さんも何か担当してくれる？」

その声に、サラダチキンとアボカドと卵、野菜室からレタスとトマト、冷凍庫からコーンを出して、にっこりと笑い返す。

「じゃあ、私はコブサラダを」

そう言うと、彼はおお～っと歓声を上げて手をパチパチと叩く。

「栄養バランスもバッチリだな」

「良かった。じゃあ始めますか」

二人で笑いながら、一緒に料理を始める。

（なんだか、こういうのって新鮮だな……）

勇人は料理が得意な紗那に任せっきりで、ソファーに座ってゲームをしたりテレビを見たりしているだけで、皿を並べる手伝いすらしてくれなかった。なのに隆史は当然のように大きな鍋で湯を沸かし、その一方で紗那のサラダの手助けをするべく、卵をゆで卵にしてくれている。紗那は彼の隣で、冷凍エビを塩を入れた水につけて解凍しておく。

「二人でやると、手早くていいな」

コンビネーションの良さに笑みが浮かんでしまう。

解凍されたエビをゆでてもらう間に、手早く野菜とチキンを角切りに切っていく。大きな皿にそれをストライプに盛り付けておくと、ゆで上がったエビを彼が氷で締めてから水を切って、横に置いてくれる。ゆで卵までちゃんと剥《む》かれていた。

（やっぱり料理を作る人は違うな）

配慮が行き届いている。それから彼はパスタをゆで始めると、エビとそら豆の調理を始める。

「あ、サラダができたら、フランスパンがあるから、少しトースターであぶっておいてくれる？」

「了解！」

そうして、あっという間に二品、エビとそら豆のゴルゴンゾーラパスタと、コブサラダができあがり、二人で食卓に腰かけて、両手を合わせている。

「いただきます！」

「いただきます」

パスタを味見する間に、隆史が紗那のサラダを取り分けてくれた。

「ふ……みません……」

パスタを頬張った状態で慌てて礼を言うと、彼は笑いながら紗那がパスタを味わう様子を見ている。

「……どう？」

「……これ、めちゃくちゃ美味しいです！　クリーミーなゴルゴンゾーラと、そら豆の癖のある味がバッチリで……エビがプリプリで旨みがあって……お店で出せますよ！」

美味しすぎて、感想を言っている口からハートマークが出そうだ。

「ありがとう。紗那さんの作ったコブサラダも旨いな。ドレッシング、手製なんだな」

「はい、この家、調味料が豊富なので、色々できて楽しいです。あ、コブサラダって、具だくさんでタンパク質も、野菜も取れるからいいですよね」

二人して目の前に並んだ料理を見て、満足げにふふっと笑う。あとは余計なことを言わずに、温かいものは温かいうちに、冷たいものは冷たいうちに口に運ぶだけだ。

「ごちそうさま」

「ごちそうさま。美味しかったです」

「こちらこそ、ありがとう」

気持ちいいお礼の言葉が自然と出る。その後、午後の時間は出かけることもなくのんびりと過ごす。

空は昼から曇《くも》り始めて、今は静かな雨だ。隆史はソファーで読書をしている。紗那は久しぶりにシュークリームを作ろうと奮闘していた。集中しないとシューが上手く膨らまないのだ。

(なんか……隆史さんとの時間は心地良いな……)

余計な声をかけられることもなく、一緒の部屋にいてもお互い無言だ。けれどそれで息が詰まることはない。心地良い空気の中で、シュー生地をオーブンに放り込みカスタードを作る。シュー生地が冷めるまで少しだけ待つ。

「紅茶でも淹《い》れましょうか?」

そう声をかけると、隆史はうーんと背筋を伸ばし、こちらに向かって歩いてくる。当然のように紗那の隣に立って、紅茶の入った缶を取ってくれた。

缶を手渡す時に微かに手が触れ合う。自然と視線が合って互いに柔らかく微笑む。ドキンと心臓が高鳴るけれど、それは息苦しいものではなくて、胸が甘く疼《うず》くような懐かしい感覚。

「シュークリームを作っているの? へぇ、綺麗に膨らんでいる。この小さい方は?」

「甘くないフィリングを入れようかと」

そう言うと、彼は目を細める。

「いいね、これ、俺もご相伴《しょうばん》に与《あずか》れる？」

「もちろん。材料は隆史さんが買っていたものですから」

クスクスと笑いお茶を淹《い》れる。背中からふわりと抱きしめられて、はっと視線を上げた。

「ああ……ごめん。嫌だったら……」

微妙な関係に、微妙な距離感だ。添い寝は何度かしているし、肌を合わせたこともある。それでも恋人というわけではない。だけど紗那はその腕の中から逃れる気が起きない。

「嫌じゃ、ないですよ」

そっと逞《たくま》しい肩にもたれかかる。温かくて気持ちいい。そっとこめかみの辺りに唇が寄せられる。

「紗那さんと過ごす時間は心地良いな……」

彼の唇の感触に胸がキュンと疼《うず》く。それは恋が始まる直前の、そんな一番美味しい時間帯なのかもしれない。静かに砂時計の砂が落ち、そっと彼の抱擁《ほうよう》が解かれ、紗那は紅茶を淹《い》れ始めた。

その後、できあがったシュークリームと紅茶で、おやつの時間を楽しむ。

隆史はカトラリーの使い方が綺麗だ。背筋を伸ばして、綺麗に食べるのが難しいシュークリームを上手に平らげていく。前から思っていたが、食事の作法を見ていると、改めて彼は育ちの良い人なのだろう、と感じる。

「……どうかした？」

思わず手が止まっていたらしい。そう尋ねられて、紗那は小さく笑う。

「いえ、隆史さんっていいところのお坊ちゃんだったりするんですか？」

軽い気持ちでそう聞いた途端、紗那は聞くんじゃなかった、と思ってしまった。何故なら尋ねた瞬間、彼の表情が曇《くも》ったからだ。

「……それを聞いてどうするんだ？」

その上、返ってきた言葉は今までとは違う、どこか冷たさを秘めた声だった。

「いえ、別に深い意味はなくて……。隆史さんの料理を食べる仕草が綺麗だったから、きっとご自宅できちんと食事のマナーをしつけられたんだな、って思って……」

おそるおそる紗那が答えると、彼はふっと眉を下げて苦笑する。

「ああ……食事のマナーか。親がうるさかったんだ。食べ物を食べる時は、その原材料を作った人がいて、そして料理を作ってくれた人がいるんだから、ちゃんと感謝して食べるように。感謝は食事の作法に出るって……」

隆史の言葉に紗那は頷く。

「そうだったんですね。素敵な親御さんなんですね」

うんうん、と頷くと、彼はもう一度小さく笑う。

「そうだな、うちは一族、皆食べ物には煩《うるさ》いし、こだわりも強いから」

先ほどの緊張感をかき消したくて、紗那はわざと明るい表情で答える。

「なるほど。隆史さんの食いしん坊ぶりは、一族の血統に由来するものだったんですね」

そう言うと、彼は目を一瞬見開いて、それから柔和に目元を崩す。

「ああ、確かに……確かにそうかもしれないな」

そう答えた時には、隆史はいつも通りの表情を取り戻していたのだった。

もちろん職場でも二人の関係は変わっていない。薄布一枚ほどの距離を置いた生活が続いている。

「顧客アンケートの結果、よくまとまっていました。次の会議の資料用にファイルの共有化をしておいてください」

ある日の社内。隆史はそう言うと、紗那が確認用にプリントアウトした資料を返した。それと同時に席から立ち、次の会議に向かうようだ。

「すみませんが、十四時からの会議に参加してきますので、後はよろしくお願いします」

相変わらず忙しそうだと思いながら、その背中を見送った紗那は席について仕事の続きに取りかかろうとする。

「和泉さん、渡辺室長から一発でOKもらうの、さすがですね」

するとニコニコと話しかけてくるのは、渡辺室長を尊敬している、と普段から自称『室長派』を名乗る後輩男性社員の竹中《たけなか》だ。

「私も室長から一度でOKはなかなか出ないから、正直ホッとしたよー」

竹中の言葉に笑って返すと、紗那の隣の席についていた里穂が呟く。

「紗那さんだけ、えこひいきしているんですよ。お気に入りだから」

「いや、和泉さんの資料、本当に見やすいですから。僕も見習わないと」

わざと明るく竹中が返すと、立ち上がった里穂はカッとした様子で声を上げる。

「お気に入りの女子社員にえこひいきなんてするから、子会社の企画室なんかに降格されるんですよ」

毒々しい物言いに、思わず紗那と竹中が絶句する。

「……金谷さん、よほど室長が嫌いなんだね……」

ドン引きしたような口調の竹中に、何かが気にくわなかったのだろう、里穂は語気荒く言い返してくる。

「だってそうでしょ。室長、女性問題でまずいことになって子会社に出向になったって、ミナミ食品に勤めている彼氏が言ってました。なんか……こっちに来た途端、運良くヒット商品を出したせいで、みんな勘違いしてるんですよ」

口を尖らせて竹中に食ってかかる様子に、紗那は思わず眉根を寄せる。だが紗那が口を挟んだりしたら余計ややこしいことになりそうだ。

「その彼氏さんとかやらが言っていることは、嘘か本当かもわからないし、正直無責任な噂《うわさ》なんてどうでもいいわよ。仕事中なんだからさっさと仕事に戻って！」

ぱんぱんと手を叩いて、深雪が声を上げる。じろりと里穂が深雪を睨みつけた。

「金谷さんはさっき、グッズの発注データが間違っているって注意受けたばかりでしょ。向こうから確認のメールが来たから良かったけど、間違えたまま発注していたら大変なことになってたんだよ。……無駄話をしている暇があったら、もう一度データを確認してからこっちに回して」

どうやら直前にミスがあって叱られた後だったらしい。それで不機嫌だったのか。深雪は紗那の肩をさりげなく叩きながら、里穂に仕事に戻るように促《うなが》す。

紗那は小さく息を吐き出し、書類の元データを会議用の共有ファイルに保存すると、イライラと荒っぽくキーボードを叩く里穂を無視して、席から立ち上がる。

（それにしても……女性問題って……）

よりにもよってそんな話を聞くと、まさかと思うが少し気になってしまう。勇人のことだって疑っていなかったのに、結局は女性関係で別れたのだ。それに確かに室長待遇とはいえ、親会社からわざわざ仕事のできる隆史が出向になること自体、違和感がないわけではない、なんて考えてしまっている。

（……金谷さんの作戦に嵌《は》まっているかもしれないから、できる限り気にしないでおこう）

そう思いながらも、彼が腕枕をしてあげていたらしい不眠の元になった彼女のことを思い出し、さらに不安になった。

（なんだか、もやもやして落ち着かないな……。また京香に話を聞いてもらおうか）

そうして仕事をこなし、退社時間にちょうど仕事を終えて、いつもより早めに退社準備を整えた。

「お先に失礼します」

挨拶《あいさつ》をすると、珍しく里穂が残業をしている。紗那がフォローしなくなってから、仕事が滞《とどこお》りがちで時間通りに帰れないらしい。

（まぁ、勇人もこの時間じゃまだ帰れないし、いいんじゃないの？）

などと冷たいことを考えて会社から出る。今日隆史は出先から直帰の予定で、外食の予定が入っていると言っていた。だからこっちも、京香と食事をして帰ろうかと、スマホの電源を入れた瞬間、別の人物からメッセージが飛んできた。

『明日、朝から出張になって、今週末にマンションの鍵、不動産屋に返せなくなったんだけど、預かりに来てくれない？』

勇人からのメッセージだ。トラブルがあって週末から一週間の出張になってしまったらしい。今週末に紗那が不動産屋に書類と自分の持っている鍵を返す予定になっていて、勇人が持っている鍵は、彼が直接不動産屋に持っていく予定だったのが、期限内に持っていくのが難しくなったのだとか。しかもこれから会議で動けないのだという。

『わかった』

仕事で無理ならば仕方ない。紗那は電車で二つ隣の駅近くにあるミナミ食品の本社に向かった。


「悪かった。来てくれて助かった」

どうやら会議の途中に抜け出してきたらしい勇人は、そう言って鍵だけ渡すと速攻で会議室に戻ってしまった。この間の記憶があっただけに、何か余計なことを言われたら嫌だなと思っていた紗那は、ホッと安堵の息をつく。

「てか、ミナミ食品本社まで来るのは久しぶりだな～」

紗那は辺りを見回して、本社の近くに美味しい割烹《かっぽう》料理店があったことを思い出し、せっかくだからそこで夕食を食べて帰ることにした。

「あー、美味しかった」

お気に入りのお店は、焼き鳥と鳥鍋、締めの親子丼を売りにしている。小さな店構えだが、カウンターは結構賑わっており、紗那も日本酒片手にちょっとだけ豪勢な夕食を堪能《たんのう》した。

(ミナミ食品から近いから、もしかしたら隆史さんも知っているかも、この店。ランチだったらもっと気軽に食べに来られるんだけどな〜)

今度機会があれば、隆史を誘ってみようかなどと考えながら、紗那は帰宅前にトイレに寄る。この店のトイレは店の奥にある。座敷席の横を抜けていくと、聞き覚えのある声がして、思わず足を止めた。

「いや遙佳《はるか》さんは相変わらずお綺麗で」

ストレートに女性を褒める声。

(この声、隆史……さん?)

「ありがとうございます。でも私を褒めても何も出ませんよ。それより、隆史さんは、まだこちらに戻ってくるおつもりはないんですか?」

あまり人の来ないトイレ前だから、足を止めても誰も気づかない。それを良いことに、つい二人の会話に聞き耳を立ててしまっていた。

「兄貴もいますし、別に俺が戻ってこなくても問題ないでしょう。それに今は冷食の商品企画が楽しいんですよ」

「……あんな噂《うわさ》が出てしまったから」

奥から聞こえる女性の声が心配そうに尋ねる。

「でも隆史さんも、渡辺社長のご子息なんですから、堂々とこちらに戻ってこられたらよろしいと思いますけど。社長も隆史さんがこちらに戻ってくるのを待っていらっしゃいますよ。冷食ではヒット商品も出て実績もできたことですし、戻ってきたら役員待遇で受け入れるって……」

その言葉に一瞬、紗那は動きを止めた。

（ちょっと待って。渡辺社長って……ミナミ食品の代表取締役？　だとしたら、隆史さんって社長令息？）

ざっと血の気が引いた。ミナミ食品は日本有数の食品メーカーだ。大学生が志望する人気企業ランキングなどにも名前が出てくるほどの大企業なのだ。

だからこそ、里穂はミナミ食品の社員である勇人を手に入れたがったのだと思う。隆史がその巨大企業の社長令息、創業者一族の出身だとしたら……

「……ありがたい、ですね。ただ今俺は冷食での商品企画が楽しくて仕方ないんですよ。いい社員も多いし、働いていて楽しい。だからしばらく戻るつもりはありません。まあ遥佳さんにそんなこと言われると、ちょっと心が揺らぎますが、父にもそのように伝えてもらえたら」

楽しそうに答える隆史の声が、いつもより弾んでいる。それはもしかしたらこの女性と話をしているからかもしれない、と思う。

「そうやって。隆史さんはすぐ誤魔化そうとするから」

少し怒ったような、それなのに妙に艶《つや》っぽい声。ほんの少し語尾がくだけたものに変わると、それが本来の彼と彼女の距離感なのだとわかる。

(隆史さんとこの女性の関係って……)

知らないことが表層に現れてきて、胸がじわじわと不安に侵《おか》されていく。

自分は隆史のことを何も知らなかったのだ、と改めて思い知らされた。

「ああ、そろそろ社長の会議が終わるので、私も一度、会社に戻ります」

遙佳と呼ばれていた女性の声がして、二人が席を立つ様子が伝わってくる。社長の行動に合わせて会社に戻るのなら、この女性は秘書なのだろうか。だから社長令息である隆史とも親しいのかもしれない。さっき不安だった気持ちが、少し緩む。彼らの会話を聞いていたことがバレないように、紗那は咄嗟《とっさ》にトイレの奥の、照明が当《あ》たらないところに身を潜《ひそ》ませた。

「では父と兄によろしく伝えておいてください」

「ええ、冗談ではなく、社長も隆史さんが戻ってこられるのを待っていらっしゃいますよ。入社以来、未《いま》だに社内で隆史さんを『息子』だって紹介させてもらえないって、ぶちぶち文句を言っていらっしゃいましたし」

座敷から出てきて、会話をしながら遠ざかっていくのは、女性らしい肢体を細身のスーツで包む、品が良くて綺麗な女性だった。社長の秘書という立場から想像していたより、ずっと若々しくて、隆史と同い年くらいのイメージだ。その彼女をエスコートするようにレジに向かうのはやはり隆史だった。

整った容姿の二人が連れ立って歩いているのを見て、なんだか似合っているな、なんて素直に感心してしまう。隆史は普段から仕立ての良いスーツを着て、オシャレな人だと思っていたけれど、どうやら、そういう衣装をごく普通に身につける立場の人だったらしい。

（だから、あんないいところにあるマンションも持っていたんだ……）

ミナミ食品グループの社長令息なら、きっとお金持ちだろう。

紗那は二人が会計を済ませて出ていったのを見て、トイレに行くのも忘れて席に戻る。一度にたくさんの情報が入ってきて、何をどう解釈すればいいのかわからない。小さく溜め息をついて、そのまま自分も会計を終えて、店を出た。

第七章　言わない真実と最後のランチ

正直、隆史が何を考えているのかわからなくなってしまった。そもそも社長の息子だなんてことも教えてもらっていないし、その割には腕枕の重石《おもし》役だけでなく、もっと深い関係になっている。

あの日初めて彼とそうなった夜、もしかして隆史は紗那に好意を持ってくれているのではないか、と思った。しかもその後は週末に、紗那が引っ越し先を探しに行こうとすると、なんだかんだと用事を作って行かせてくれなかったのだ。

(好きな人が他にいるなら、さっさと私を追い出したらいいのに……)

寝不足解消のために腕枕役をするけれど、それ以上の関係にはお互い踏み込んでいない。しかも先週末、腕枕で目覚めた後、部屋を出ようとした瞬間、ぽつりと彼が呟いたのが聞こえてしまったのだ。

「このままずるずるは良くないな」

それはどういう意味だろうか、と尋ねたい気持ちと、聞くのが怖い気持ちで、紗那は聞こえないふりをして、そのまま部屋を出た。そしてそんなことを言っていたのに、彼の態度は今も一向に変わらないのだ。

(ずるずるが良くないんだったら、やっぱりさっさと私を追い出したらいいのに……)

それとも不眠症解消のために、腕枕する相手は欲しいということか。でもずるずるしちゃダメだということは、それ以上の関係は望んでないと。

紗那は目の前に置かれたパスタに手をつけることなく、考え込んでしまっていた。すると、向かいに座っていた京香が声を上げる。

「それはね、もう恋よ！」

午前の仕事を終え、憩《いこ》いのランチの最中、このあいだ隆史と話していたイタリアンの店で、京香はそう言って一人で納得するように頷いた。

「は？　なんのこと？」

「てか人とランチの最中に、勝手に一人で悩まないでくれる？」

言われて、慌てて紗那はフォークを取ってパスタをくるくると巻き付ける。確かに京香と一緒のランチ中に、別のことを考えていた。

「いや……別に悩んでないし」

「悩んでるね～。じゃあ、紗那は渡辺室長のマンションから、すぐに出ていきたいの？　一緒に住んでいるの、嫌なの？」

そう聞かれると、返答に困ってしまう。

「いや……衣食住、全部恵まれているし、家事は手伝ってくれるっていうか、折半《せっぱん》か、隆史さんの家だから彼がやっている方が多いくらいだし……ルームシェア相手としては最高だと思う。私、単なる居候《いそうろう》になっちゃってるけど」

そう呟くと京香は、にまぁっと嫌な感じの笑顔になる。

「……おや、いつの間に名前で呼び合う仲になったの？　男女一緒に暮らしていて、そろそろ一線越えちゃった？　名前で呼ぶ関係になっちゃった？」

その言葉にじわっと熱が込み上げてくる。慌てて周りを見回すが、誤魔化せそうな何かは見つけられない。

「ん。このアラビアータ、辛。暑くなってきちゃった」

などと顔の赤さを誤魔化すために呟き、顔の横で手をパタパタ振って扇《あお》いでみせる。だが京香はニマニマと楽しそうに笑っているだけだ。

「まあ、別にアイツとはきっちり別れているわけだし、室長と付き合っても全く問題ないと思うんだけど？」

そう言って余裕たっぷりの京香はカルボナーラを美味しそうに口に運ぶ。

「別に、室長はそんなんじゃないよ……」

「室長の方はそうでしょう？　なんでもない人間を、わざわざ部屋に引っ張り込んでいる理由なんて、恋愛感情以外の何物でもないじゃない？」

「いや、室長の場合、単純に寝不足に弱くて、腕枕の重石《おもし》役が必要だっただけでしょ。腕に重石《おもし》がないとよく眠れないみたいだし。……そういう意味では別に私じゃなくてもいいんだろうし。それに恋愛感情とかないから気軽に重石《おもし》役、頼めるんだろうし……」

そう言ってふと気づいてしまう。もし自分が他の女子社員のように、彼に恋愛感情を持ったら、距離を取られるかもしれない。

(そんなの、嫌だ……)

自分で部屋を探すと言っていたくせに、『そんな感情、持たれたら困るから出ていってくれ』と彼に言われることを想像したら、なんだか涙が出てきそうになってきた。

紗那が何を想像して泣きそうな気分になったのか理解したのだろう、京香は呆れたような顔をした。

「……あのさ、素直になりなよ。失恋した後だし、大人になると恋愛とか怖くなる気持ちもわかるけどさ。でも紗那自身から認めてもらえない『紗那の気持ち』があるんだったら、今みたいに無視し続けたら、後で悔《く》やむことになる気がするんだけどな」

京香はそう言うけれど、隆史はきっと単なる部下から恋愛感情なんて持たれたら困るだろう。こんな気持ちに気づかれたら彼の側にいられなくなるのだ。

紗那はそう思って、微妙な表情を浮かべたまま頷いて、残りのパスタを口に運んだ。


そうして紗那が自分の感情を出せなくなったまま、数日が過ぎた。その日ランチからオフィスの自席に戻ってきた紗那に声をかけてきたのは、先輩社員の深雪だ。

「ねえ、聞いた？　なんか午後からミナミ食品の社長がこっちに来るらしいわよ」

「そうなの？　でもそんなにびっくりするようなことでもないでしょう？」

系列会社だ。たまに親会社の渡辺社長が冷食に顔を出すこともあった気がする。

「違うのよ、なんか知らないけどここに顔を出すって言っているらしく」

「ここ？」

紗那が聞き返すと、深雪は頷く。

「企画室に直接来るらしいわよ。『贅沢《ぜいたく》チルド』シリーズがグループ企業内での賞を取ったから、社長がお祝いを言いに来るんですって」

「……意味わかんないですよね。普通なら本社に呼び出して、社長室で表彰状を渡して終わりでしょう？」

男性後輩社員の竹中もそう言って頷く。

「そうそう。のちほど表彰もあるらしいけど、なんか用事があったついでに、社長自ら企画室に寄るって……」

彼らの会話を聞き、渡辺社長が表彰にかこつけて、息子の隆史を見に来たいのでは、と事情を知っている紗那は思う。

「そうなんだ……」

紗那は頷きつつ、午後の始業時間が始まったので仕事に戻る。隣の席で里穂は昼休みが終わっているのにもかかわらず、のんびり化粧直しをしながら会話に口を挟む。

「渡辺室長って苗字一緒だし、渡辺社長の親戚とかなのかなあ。それで親会社で問題起こしたくせに子会社に室長待遇で来て、社長自ら表彰もしちゃう的な」

社長を出迎えているのか、隆史のいない室長席に視線を向け、里穂は小馬鹿にした表情で笑う。

だがさすがの里穂も隆史が社長令息であることは気づいてないようだ。

（まあ気づいていたら、必死で媚《こ》び売っていたと思うけど……。そっか、そういうのが面倒で隆史さんも、自分の立場を公《おおやけ》にしてないのかも……）

などと納得していると、程なくして隆史の後について渡辺社長が企画室に入ってきた。社長が言葉を発する前から、全員が入り口の方に視線を送る。

「ああ、仕事をしている人はそのままで」

とは言われても、親会社、グループ企業のトップだ。企画室を通り、室長席の近くまで歩いていくその人のオーラが強くて、自然と全員起立して社長を目で追う。

渡辺社長は六十代前半で、笑顔が標準装備な印象の愛嬌《あいきょう》のある顔立ちだ。だが柔和な顔立ちとはうらはらに体格はすらっとしていて背筋がピンと伸びている。

身長の高さとスタイルの良さ、体格は隆史と似ている。でも顔が似てないので見た目だけで親子だと気づく人はいないだろう。渡辺という苗字も、比較的よくある名前なので、知らなければまずわからないかもしれない。

（あ、あの人……）

けれど、紗那は社長ではなくその傍《かたわ》らに笑顔で立っている女性を注視してしまっていた。

（あの人……遙佳さんって呼ばれていた人……）

紗那が予想したとおり、やはり社長秘書だったのか。タイトスカートからは綺麗な足がすらっと伸び、紗那が履《は》いたら即転びそうな高くて華奢《きゃしゃ》なヒールの靴を履《は》いている。モデルのように立ち姿まで美しい人だ。

男性社員の竹中などは、社長を一瞥《いちべつ》した後は、ずっと遙佳に見とれてしまっている。

「今回ミナミ冷食商品企画室が企画、発売した、『贅沢《ぜいたく》チルド』シリーズは世間でも大きな話題になり、売り上げも非常に好調です。この商品はミナミ冷凍食品の名を世間に知らしめたと言っても過言ではないでしょう。それも商品企画室の皆さんの尽力のおかげです。すばらしい業績を上げたミナミ食品商品企画室に対して、後日グループ内表彰を行う予定です」

そう言うと、社長の前に呼び出された隆史は、渡辺社長から握手を求められて、どこか照れくさそうな顔をしてその握手を受ける。

「それで表彰式の前に、いくつか打ち合わせをしたいのですが……」

社長はそう言うと社内を見回して、何故かまっすぐ紗那の顔を見る。その様子を見て、遙佳は紗那を手招きをする。

「すみませんが、ミーティングルームの方にお茶の準備をお願いいたします」

もちろん誰かしらミーティングルームにお茶は持っていっただろうに、指名されてしまった。不思議に思いながら紗那が隆史を見ると、彼も小さく頷いた。

「はい、今すぐお茶をお持ちします」

そう答えて紗那はすぐに給湯室に向かう。なんで自分が指名されたのか、首を傾げつつお茶を淹《い》れて、ミーティングルームに入る。

「失礼します。お茶をお持ちしました」

するとちょうど隆史と渡辺社長は歓談の最中だったようだ。

「ところで、君はまだ結婚しないのか？　私は君の年頃には結婚して、子どもがいたんだが……」

紗那がお茶を置く間も、二人の会話は続いている。

「……そうですね、相手がいれば是非」

無難な感じで隆史がその話題を受け流す。紗那が何も言わずに、そのまま引き下がろうとした瞬間。

「君が相手を見つけられないのなら、私が相手を見つけてやろうか？」

そう言って社長は横に立つ秘書の遙佳に笑顔を向ける。遙佳はちらりと隆史に視線を送り、小さく微笑む。

(なんだろう……この空気)

もしかして自分のお気に入りの社長秘書を、隆史の妻に勧めているのだろうか。

(隆史さんもこの間、嬉しそうな顔をして、この人と話していたものね……もしかして、昔何かしら関係のあった人だったりして)

一瞬、隆史の過去の忘れられない彼女のイメージが遙佳と重なった。もちろん遙佳が元の彼女というわけではないかもしれないが、ああいう雰囲気の、社長令息に相応《ふさわ》しい素敵な人が腕枕の彼女だったんじゃないか。

そう思いながら紗那は顔を隠すように会釈《えしゃく》し、ミーティングルームを出る。だが出た途端、目の前に里穂がいてびっくりしてしまった。

「金谷さん、何しているの？」

慌ててミーティングルームから彼女を引き剥がして、小声で話しかける。

「え、別に。なんか面白い話、してないかなって……」

無理矢理ミーティングルームから引き離されたせいで、一瞬不機嫌そうに答えた里穂は、次の瞬間、にやぁっと意地の悪い笑みを紗那に向けた。

「てか室長、親会社の社長にお気に入りの秘書を結婚相手に勧められてましたよねえ。あれ、室長は断れないですよね。あの秘書、まあまあ美人だしスタイルも良さそうだし。ってことは紗那さん、また男に捨てられるんですね、可哀想。他を探した方がいいですよ〜。どうせ室長なんて女性問題を起こすに違いないんですから。女性関係にだらしない男とか最低ですよね」

うふふふふ、と声を出して笑う。

この子は何を言っているんだろうと、呆然とその顔を見つめてしまった。よほど紗那のことが嫌いなのかなんなのか。だとしても人の彼氏を寝取った上で、上から目線でこんなことを言う神経がもう完全に理解できない。

しかもミーティングルームでの会話が気になっていたらしい社員達はこちらの会話を聞いている様子だ。辺りを見回した紗那と目が合いそうになった瞬間、気まずげに逸らされ、なんだか余計に気分が滅入《めい》ってくる。

「結婚なんて個人的な話だし。室長だって社長に勧められたとかじゃなくて、自分の好きな人と結婚したいでしょ……たとえ勤め先の親会社の社長だからって他人に決められるわけないじゃない」

深雪が二人の間に入りフォローしてくれる。けれどそのフォローは紗那の気持ちに上手く入ってくれなかった。

(単なる親会社の社長が勧めている話じゃなくて……隆史さんの場合、親から勧められている縁談だもの……)

重みが全然違う。それに先日親しげに会話をしていた隆史と遙佳の様子を思い出すとお似合いだし、二人が結婚するにはなんの問題もないように思えた。

「ごめん、金谷さんがなんの話をしているのかよくわからないけど、そろそろ仕事に戻った方がいいんじゃない?」

そう言うのが精一杯だった。紗那がパソコンを開くと、他の社員達も慌てて仕事に戻る。その後、紗那は仕事をしているふりをしたが、思い出しているのはさっきの社長達の会話と、微笑んだ遙佳の表情。

この間の会話からして、きっと彼女も隆史を好意的に思っているし、隆史も彼女に好意を持っているに違いないと思う。

(ずるずるしていて良くないって、この前の夜のこともそういう意味、なんだよね)

さっき里穂が言っていたように半端《はんぱ》に隆史への好意を持ってしまって、またなかったことにされるのだとしたら、本当に悔しいし苛立《いらだ》たしい。いや、すでに好意は持ち始めているのだ。だから余計にどうしていいのかわからなくなってしまう。

（きっとこれ以上彼の側にいたら、私こそずるずるしちゃう。失恋して辛い気持ちを救ってもらえたからって依存して、それを新しい恋愛感情って思っているだけかもしれないし……）

彼だって腕枕していた元彼女のことが未《いま》だに忘れられないのかもしれない。それでも家のこともあるし、早く結婚した方がいいのなら相手は遥佳のような女性がいいのだろう。

何より渡辺社長が認めて、側に置いている女性だ。社長秘書である彼女はきっと優秀だろう。彼にとってもああいう人と一緒になるのが一番なのだ。

そう思ったら、少しでも早く彼のもとを去る準備をしなければと考えていた。不幸中の幸いというか彼の家に持ってきたものは、ほとんど一室にまとめたまま手つかずだ。引っ越しするにはこのあいだ隆史がやったように、あの業者に頼めば短時間で効率良くできるだろう。

（よし、そうなったらとりあえず引っ越し先。なんでもいいから、探そう）

結婚するために貯金もしていたが、しばらくは使う予定がなさそうだ。だったらそのお金を使えば、多少の無理は利く。

そう決断すると気分が少し落ち着いた。物事は決まるまでが一番しんどいのだ。

「今日は私、用事ができたので、残業なしで帰ります。何かあれば早めに声をかけてください」

そう言うと、紗那は猛然と仕事に取りかかり、それから数日は残業もせず、早めに仕事を終わらせて、不動産屋に寄って新しく住むところを探した。

そして通勤を優先して選んだ結果、すぐに引っ越しのできるウイークリーマンションを新居に決めて、引っ越しの段取りを整えたのだった。

＊＊＊

それからの数日は、隆史にマンションを出ると言うタイミングをずっと窺《うかが》っていた。

ただお互い仕事が忙しく、また紗那も毎晩のように不動産屋巡りをしていたため、なかなかゆっくりと時間が取れず、ようやく話ができたのは引っ越しをする一週間前の休日になってしまった。

(いい加減に言わないと。言って気まずい感じになったら、京香のマンションに一週間だけいさせてもらえることになっているし)

午前中、週末の日課にしているジムから戻ってきた隆史の前に、これが最後の食事になるかもと思い用意したのは、お味噌汁にカレイの煮付け。出汁《だし》巻き卵に青菜のごま和《あ》えに、筑前煮《ちくぜんに》。

紗那が小さな頃から家で食べていた、ごくごく普通の食事だ。それらを並べると、隆史は眉を下げた。

「いいなあ、なんかごく普通の家庭の食事、って感じだ」

「落ち着きますよね。うち、親は共働きで普段の食事は外食とかが多かったんですけど、休みの日の食事はこんな感じでした……」

そう言って二人して、手を合わせていただきます、と声がけをして、食事を食べ始める。

隆史は小骨の多いカレイの煮付けを上手に食べる。魚の食べ方が綺麗な人は、育ちの良い人だ、と昔親に言われたことを思い出す。彼との食事の時間はいつも穏やかで心地良い。

「……美味しい」

にこりと笑う彼が、自分の作った食事を美味しいと言ってくれることをすごく嬉しく思う。しかし、これからはもうそれを見られなくなることが寂しくて仕方ない。

(でも、お互い都合がいいからってこのままじゃダメになる)

隆史が大事な人になったからこそ、ちゃんと離れよう。それにいつまでかわからないけれど、仕事では関わり続ける人だ。いい加減なことはできない。少なくとも仕事上では尊敬できる上司であってほしいし、紗那も信頼できる部下でありたいのだ。

「あ、こっちの筑前煮《ちくぜんに》も美味しい」

彼は紗那が取り分けた筑前煮《ちくぜんに》を美味しそうにほおばる。

「甘すぎるとか、しょっぱすぎるとかないですか?」

尋ねると彼は首を横に振り、じんわりと染み出る煮汁を楽しむように椎茸《しいたけ》を噛みしめた。紗那もそんな彼の姿を見て、ホッとしつつ筑前煮《ちくぜんに》の筍《たけのこ》を一口食べる。鶏肉の旨みが野菜に染み込んだ、昔から馴染《なじ》みの母の味だ。

「この筑前煮《ちくぜんに》。母親の得意料理で、昔から何かある度《たび》に作ってくれたんですよ。あ、運動会の時とかもお重につめて、お弁当にして。……だから普段の料理だけど、私にとってはちょっと特別だったんです」

笑みを浮かべて言うと、彼も柔らかくにこりと笑い返す。

「そうか。そういうのはいいな。俺は運動会の弁当とかは……」

そう言いかけて言葉を止める。もしかすると、彼のような家の人なら、昼食は親が作ったものではなかったのかもしれない。

「……母親は仕事をしていたし、料理も苦手だったから……こんな美味しい筑前煮《ちくぜんに》とかはなかったな」

言葉を濁す彼に、やっぱり自分の立場は話してくれないのだ、と紗那は寂しい気持ちになる。

（でも、もうここを出ていこうと思っているから。彼が言いたくないなら無理矢理聞き出さなくてもいい……）

「紗那さんの作る出汁《だし》巻き卵、美味しいなあ……」

お弁当用に作るのは水分が少なめだが、家で食べる用に作る卵焼きは出汁《だし》を多めに入れて焼く。何度も卵焼き用のフライパンに油を薄く引いて、その柔らかい生地を上手にまとめるのは少しコツがいるのだ。

勇人にも何度か作ったことがあった。その度《たび》、彼も嬉しそうに頬を緩めていたけれど……

（あっさりと裏切って、よりによって私の職場の後輩と、だなんて……）

だから誰も信用してはいけないのかもしれない。目の前で、出汁《だし》巻き卵を美味しそうに食べている人だって……。どれだけ信頼できるのかわからない。

（そうだ。卵焼き用のフライパン、引っ越し先に持っていかないと。実家を出てからずっと大事に

育てていたものだから、他には替えられない）

冷静にそんなことを考えているくせに、出ていくことを思うとツキリと胸が痛い。

「……紗那さん、何を考えているの？」

穏やかに食事を終えた後、彼がじっと紗那を見て、そう尋ねてくる。紗那は彼の問いかけに一瞬言葉を詰まらせた。

「……私、この部屋を出ていこうと思っています」

そう告げた途端、彼が明らかに視線を揺らし、動揺したのがわかった。

「……なんで？　家賃の問題とか、そういうことで迷惑をかけるとか考えているのなら……」

「いえ、この間、隆史さんも言ったでしょう？『ずるずるするのは良くないな』って……。私もそう思うんです」

「……念のため聞くけど、例の彼氏とよりを戻すとか、そういうこと……？」

焦ったように声を上げた彼に、紗那は小さく笑う。

「いや、それはないです」

瞬間、彼ははぁっと深く溜め息をついた。

「だったら、もう少し一緒にいても問題ないだろう？」

「ダメです」

はっきり言うと、彼が目を見開く。

「なんで？」

「……最大の理由は、このままだと私がしんどいからです」

そう答えると、彼がひゅっと息を呑んだ。

「……そんなに……」

「ここにいると居心地が良すぎて。出ていくのがどんどん辛くなりそうだから」

そう言うと、食器を下げるために立ち上がる。

「いや、片付けぐらいは俺がやるから」

咄嗟《とっさ》に手を取られて、紗那はその場に座り直す。

「好きなだけここにいたらいい。出ていくのがどんどん辛くなるってどういう意味だ？」

そう尋ねる彼に紗那は小さく笑みを浮かべた。

「だって、隆史さん、何一つ、本当のこと、言わないじゃないですか？」

紗那が答えた瞬間、彼は微かに顔を顰《しか》めた。

「本当のことって……？」

その表情を見て、彼は意識的に紗那に隠していたのだ、と確信する。

「たくさん……ありますよね」

隆史は紗那の答えに眉根を寄せた。

「それだけ私のことを信頼してないってことです。それに私も、隆史さんに秘密にしていることがあって、それが何かを言いたくないので。そんな状態で一緒に住むこと自体、問題があるでしょう？」

力が抜けた彼の手から、そっと自らの手を引き抜く。

「……紗那さんの秘密って……？」

「言えないから、秘密なんですよ」

そう言いながら、じわりと涙が滲《にじ》んでくる。自分から出ていくと言ったくせに、それが辛くて仕方ないなんて。情けなくて、でもそれだけ隆史のことが好きになっていたんだな、そう思う。

（こんな短期間に、二回も失恋するなんて……ホント、かっこ悪い）

黙り込んだ紗那を見た隆史はもう一度彼女の手を取ろうとして、それは適わないことだと悟ったように、そっと拳を握りしめた。

「言えないって……」

「ごめんなさい。あと、隆史さんは自分の立場に相応《ふさわ》しい相手を選んでください。遙佳さんみたいな素敵な人がいるじゃないですか」

その言葉に、隆史はハッと視線を上げた。

「それって……」

「もう、今言われても言い訳にしか聞こえないですし。ちょっと私、冷静にならないと……」

ゆっくりと席を立つ。彼は呆然としたような顔をして、紗那を見上げている。やっぱり気まずい。

「すみません。片付けを頼んでもいいですか。私、出かけてきます。今日はこちらには戻らないので……」

そう言って一気に席を立つ。

「紗那さん、ちょっと待って！」

慌てた声をかけられたけど、紗那は念のためと思って用意していた数日分の着替えだけ持って、彼の言葉を無視して、マンションを後にした。

第八章　辣腕《らつわん》上司の真実と執着

紗那に出ていかれた後、隆史は呆然としながらも、残された食器をシンクに片付けていた。

(紗那さんに、何を知られたんだろうか。――『隆史さんは自分の立場に相応《ふさわ》しい相手を選んでください』って。……あの言い方だと、俺の家のことか？　それになんで遙佳さんの名前まで……)

正直、隆史は自分の実家のことはさほど重要視してなかった。それより彼女に悟られたくなかったのは、自分の醜《みにく》い執着心の方だ。

(いや、紗那さんとしては、実家の話をしなかったことが、彼女を信頼していないという理解に繋がったのか？)

とにかく状況を整理して、それから紗那を迎えに行こう。我ながら黒いなと思える部分も含めて、全部彼女に告白しよう。そう考えて改めて気づく。彼女を失うことが怖くて、あの日の夜、一度振られて以来、自分は彼女への好意すらきちんと言葉にして伝えてなかったのだ。

(少なくとも彼女が今、仕事を辞めることはないから、会社で捕まえることはできる。多分、今夜からしばらくの宿は、松岡さんのところの可能性が高い……だったら)

隆史は丁寧に皿を洗うと、シンクの水気まで綺麗に拭き取る。手は動かしながらも、紗那をどうやって迎えに行くかを思案する。それから小さく息をついて、スマホを取り出した。

「ああ、澤井《さわい》さん。休日のところすみません。ええ。ちょっと教えてもらいたいことがあって……」

＊＊＊

隆史は大手食品メーカー、ミナミ食品の創業社長一家に生まれた。だが彼は次男であったこともあって、中学校の頃には、過度な親の影響は自分の人生には不要だと思うようになっていた。

ただ食品を生業《なりわい》にしている家系のせいか、親同様小さい頃から美味しいものには目がなかった。

学生時代は美味しいものがあると聞くと、食べに行くために旅行に出るような生活をしていた。

楽しい学生生活を送り、色々悩んだ挙げ句、興味のあった食品メーカーを就職先として志望することにした。そうなるとさすがにライバル会社に勤めるのは難しく、結局親の会社に入社することになったのだが……

親が社長という会社で、良くも悪くも特別扱いされるのが嫌で、親を含めた周りに、一般の社員と同様に扱ってもらうように頼み、一般の社員として入社試験を受けて、無事内定通知をもらった。

もちろん社内には社長である父や跡継ぎである兄を始め、親類縁者などもいるため、隆史の身元を知っている人もいる。勤務して五年を過ぎた辺りから、社内でもぽつぽつと事情を知る人が増えてきていた。

そんな時期に、偶然隆史の父が社長だと知ってしまった女子社員から執拗《しつよう》に迫られ、面倒になって自分から子会社への出向を願い出た。

そして彼の出向先となったのが、ミナミ冷凍食品だった。

ここ二年ほど、取引先のメインだった大手スーパーが吸収合併され、結果としてミナミ冷凍食品は大きな販売ルートの一つを失っていた。冷凍食品業界は競合他社が多く、商品開発も互いにしのぎを削っている。新規開拓をするためには、魅力的な商品の企画開発が最優先だということになり、親会社で商品企画をしていた隆史自身が、商品企画室長として入った。

そして巻き返しを図るべく、新商品の企画開発を行うことになったのだ。


そうして配属された商品企画室にいたのが、和泉紗那だった。

出会った当初は、正直彼女に対する印象は特別なものはなかった。だがその後、前任者の書類の整理をしていて、紗那から出されていた握りつぶされた企画書を見た時、自分が転属と共に提出した企画とコンセプトがかぶっていたことに気づいた。

知らなかったとはいえ、前任者の下《もと》で彼女の意見は無視され、同じような自分の企画を室長権限で通してしまったことに、若干の罪悪感を覚えた。

だが勝手にそんな感情を持っている自分に対して、紗那は真摯《しんし》な態度でこう言ってきたのだ。

『室長の企画、すごく面白いと思います。私もそういう企画をやってみたかったので、できる限り協力させてください』

自分の企画が前任者につぶされた事実を、紗那はおくびにも出さず、隆史の『贅沢《ぜいたく》チルド』シリーズの商品企画に尽力してくれた。

彼女は『私自身が食いしん坊だから自分の満足する商品にしたい』と言って商品開発部に何度も足を運び、開発部の担当課長に何度も食い下がり、開発部の人間と一緒に試食し、意見も出したらしい。

そしてアイディアを出し、満足するものができるまで通い詰め、挙げ句に職人肌の開発課長に気に入られて、開発の人間達に飲みに連れて行かれるほど認められた。

(紗那さんが誠実に努力したから、開発部も全力で仕事をしたし、その結果、企画は成功したようなものだ)

しかも仕事に妥協できない自分がどんなに厳しい意見を言っても、紗那は全然へこたれなかった。

それどころか、らんらんと目を輝かせて、次なる課題を自分から持ってくる始末だ。

(まあ、それだけ仕事に夢中になってしまったから、彼氏に振られることにもなったのかもしれないが……)

しかし、あれほど仕事に情熱を傾けられる女性を、自分の身の周りの世話をすることに縛り付けるような男は、彼女に相応《ふさわ》しくない。

隆史は仕事熱心な紗那の様子を見ているうちに、彼女に視線を奪われていた。交わす会話は遠慮がなくて小気味良い。気持ちいい仕事をするし、相手が良い仕事ができるように環境まで整えてくれる。きらきらと輝くような笑顔で仕事をこなす彼女を見ているうちに、気づくとこんな人が将来の伴侶だったら、と想像するようになっていた。

……だが。

彼女が付き合っている男性と、結婚を前提としての同棲をしていることを、比較的早い時期に知ってしまった。当然、彼女に関して職場での好意以上のことは考えないようにした。ただ相手の男がミナミ食品勤めと聞いてしまったせいで、どんな男と結婚するのか気になって、男について調べた。

彼女が素晴らしい男性と結ばれるのなら諦めもつく。願わくば今の仕事を続けさせる度量のある男であってほしい、と思っていたのだが。

残念なことに、調べるまでもなく隆史はその相手がどんな人物かわかってしまった。一年ほどだけだが、親会社の営業部で一緒に仕事をしたことがある男だったからだ。

（正直、結婚相手に勧められる男ではないな……）

新入社員で入ってきたあの男の、指導役をした。

営業としてのセンスはきっと悪くないのだろう。だが長期的な視点でものごとを見ておらず、その場しのぎで行動するタイプだと隆史は判断した。あの頃から大きく成長していればとも思ったが、結局のところ、あまり変わらなかったようだと知ったのは、親会社の知り合いから彼の情報を色々聞き出してしまったからだ。

女性問題、パワハラ問題。それが新しい上司から問題視されているらしい。もしかすると次の人事で地方に回されるかもしれない。そうしたら、彼女はどうするだろうか……

いっそ別れてほしい。そして自分の下《もと》で仕事を続けてほしい。

色々と考えていると、眠れなくなった。しかもいつも一緒に眠っていた飼い猫が行方不明になり余計に落ち着かなくて、気づくと一日二、三時間程度しか眠れない日が増えた。寝不足に弱いため、どんどん憔悴《しょうすい》していって……

そんな隆史が、紗那が彼氏と別れるかもしれないと知ったのは、あの日バーで紗那を捕まえた日よりさらに数日前のこと。

会議の後、商品企画室のブースに戻る途中、里穂が給湯室で別部署の人間と話している内容に、隆史は思わず足を止めてしまった。

「ねえ香奈子《かなこ》、聞いてよ。今週の金曜日にね、勇人くんがついに紗那さんと別れ話するって！　それで別れ話した後、里穂とホテルデートするの」

「え？　里穂、本当に彼氏盗《と》っちゃったんだ？　和泉さんにめっちゃお世話になってたんじゃないの？　それなのに先輩の彼氏を盗《と》るとか……」

給湯室は入り口に扉はないので声は廊下まで筒抜けだった。里穂の常識のない発言に、若干引いている相手は庶務課の女性だろうか。

「香奈子は真面目だなあ。いいのいいの。結婚もしてないしね。てか、紗那さんって結構うざいんだよね。書類のミスなんて、黙って直して提出してくれたらいいのに、いちいちどこが間違ってているとか、次から間違えないようにダブルチェックをした方がいい、とか上から目線でアドバイスしてくれちゃってさあ」

「……うーん。でもさ、黙っていたらわからないだろうけど、彼氏盗《と》っちゃったとか、気分的に働きにくくなったりしない？」

「え。なんで黙ってないといけないの？　まあ紗那さんが彼氏取られたってキレたら、里穂、仕事辞めるし。勇人くんお給料いいから辞めても楽勝でしょ？　結婚準備です～って紗那さんの前で言ってやるわ～」

「……里穂、そんなに和泉さんのこと、嫌いなの？」

「んー？　別に嫌いってほどじゃないけど、私は仕事できます～って顔しているのが鼻につくんだよね。あ、勇人くんも、紗那さんのそういうところが嫌だって言ってた」

くすくすと楽しそうに笑う声がする。隆史はそこまで聞いて、その場から立ち去る。

思わず深く溜め息をついていた。

正直結婚準備とやらで、里穂が退職することになっても企画室としては全く困らない。入社二年目で書類の処理すらまともにできずに、紗那のフォローでなんとかやっている状態なのだ。

里穂の親が大口取引先の役職付ということで、辞めさせることもできずに、本人が希望したという商品企画室に中途半端《はんぱ》に配属されたが、隆史の里穂に対する評価は非常に厳しい。

（ま、金谷里穂のことは、正直どうでもいい……）

気にかかるのは紗那のことだ。里穂の話だと、今週の金曜日の夜、紗那は例の男と別れる可能性が高いということか。結婚前提の恋人だ。突然別れを告げられたらショックを受けることだろう。

かといって単なる上司に過ぎない自分には、何もできないが……

いや、酒が好きな紗那のことだ。ショックを受けた後は飲んで歩くかもしれない。彼女はこちらには知り合いが少ないらしい。社内で仲が良いのは営業の松岡京香ぐらいだろう。だが営業部は、今週の金曜日には報告会という名の定例飲み会が入っているはずだ。

（もし紗那が一人で飲み歩いたら、最後にあの店に来るだろう）

紗那のお気に入りのバー。

彼女が飲み納めに必ず寄る店で待ち伏せをすれば、多分彼女を捕まえられるはず。

（後は逃げられないように、囲い込んでしまえば良い）

あんな男よりは自分の方がよほど紗那を幸せにしてやれる。そう思っていたのだが……

『らメです。失恋したばっかりで、そんなこと考えらんないれす』

そう言って、達したばかりのとろりとした視線を向けてきた紗那を思い出す。乱れた服、上気した肌、艶《つや》めいた瞳。甘えるような舌っ足らずな声。

ふと脳裏に蘇《よみがえ》った光景に、隆史は息を呑む。

あの金曜日の夜。バーで首尾良く紗那を捕まえた。もちろん、即ベッドに連れていくなんて、そんなことをするつもりは皆無だったのだが……

（まさか部屋に連れてきた後に『彼氏にエッチが下手《へた》だから別れようって言われたんです。エッチが下手《へた》ってどういうことですか？』と、迫られるとは思わなかった……）

「室長、どう思いますか？　私、そんなに女としてダメなんですかっ」

手を握りしめ、潤《うる》んだ瞳で尋ねてくる紗那。

「いや、そんなことは全然ない……と思うが」

これはどういうシチュエーションなんだ。と隆史は自問自答する。酔っ払った紗那を捕まえて、家で飲み直そうと連れてきたまではよかった。だが他の人がいない状況になったことにホッとしたのか、紗那は『エッチが下手《へた》で彼氏に振られた』と言い出し……

「じゃあ、確かめてください。こんなこと……誰にも言えないです」

潤《うる》んだ瞳は酔っているからだけではない。目尻に浮く涙は、あんな男のために流しているものなのだ、と気づいたらたまらなくなった。

「……わかった。確かめてやる」

ついでに、碌《ろく》に紗那を可愛がってやることもできない男の記憶なんて、がっつり上書きしてやる。そんなつもりで、紗那を必死に誘惑する。

控えめに、逃げられないように、唇の端にキスをする。紗那は気持ちいいと言ってクスクスと笑った。

(仕事場では見せない顔だな……)

そう思うと、どこで見せていた顔なのかとつい考えてしまう。具体的に考えないようにしていたが、悋気《りんき》で胸が軋《きし》む気がした。

「紗那さん」

「ん？　……なんですか？」

初めて名前で呼んだ時、彼女はくすぐったそうな表情をして笑った。涙はまだ彼女の目元に一杯に溜まっている。

「ベッドで確かめてやろうか。その男が言っていた嘘を暴いてやる」

酔っ払っているせいか、それとも不安なのか、紗那は複雑な表情を浮かべたまま、隆史のベッドまで大人しくついてきた。

もう一度キスをすると、溶けたような吐息を漏《も》らす。多分キスが好きなのだろう。そう判断して、キスをしながら服を脱がせ、ベッドに横たわらせる。

スタイルが良くないのだ、と言って隠したがる手を解き、たくさん褒めると嬉しそうに笑みを浮かべる。素直に反応する様子が可愛くて、体中に唇を押し当《あ》てていた。

「私、こういうの、あんまり好きじゃないんです」

ぽそりと呟くくせに、肌は柔らかく、感じる部分は固く張り詰めていた。

「やぁっ……も、そんな風にしちゃ……ダメ」

制止されると余計に必死になる。止める余地がなくなるほど追い詰めたくなる。

「だめ、だめなのっ……そんなっ」

蕩《とろ》ける蜜口をさんざん舌で攻め立てると、紗那はあっけなく達した。瞬間、ほろりと涙を零《こぼ》す。

「こんなの……だめなのに……」

何がダメなのか、聞きたくなかった。だから力の抜けた体をもう一度探り、今度は指で追い詰めていく。理性を溶かして逃げられなくしたかった。紗那の中は熱くて、強く隆史の指を締め付ける。

(指ですらこんなに気持ちいいのに……紗那さんとのエッチが気持ち良くないわけ、ないだろう?)

相手の男の小狡《こずる》さが許せなかった。自分が目新しいものに興味が移っただけで紗那には一片たりとも非はないのに、その責任をすべて紗那に押しつけるような言い方をしたのだろう。

「室……ちょ……?」

続けざまに達して、既に男性を受け入れる準備は万端に整っている。上気してぼうっとした顔をしている紗那をこのまま、酔いに任せて抱いてしまおうか、と思った。

「紗那さん。貴女は結婚を前提に付き合っている人がいると聞いていたから、諦めていたけれど、俺は紗那さんのことが好きだ。……恋人として付き合ってほしい」

つい言葉が漏《も》れていた。

失恋したショックで自分の告白を受け入れてくれたらいい。そうすれば彼女は永遠に自分のものになる。

だが、そんな愚かな考えは、とろとろに溶けていたはずの紗那に残っていた一片の理性によって否定された。

「ごめんな、さい。今は……失恋したばっかりで、そんなこと考えられない」

紗那の心が得られないのであれば、紗那の体だけを得ても仕方ない。そう思った隆史の目の前で、紗那はついに酔いに負けて寝てしまい、隆史はそれ以上のことは何もできず、そのくせ、その日はずっと手に入れたかった女性を腕に抱いて、久しぶりにぐっすりと眠れたのだった。

こうして、周到に巡らせた策略で、ずっと手に入れたいと思っていた女性が自分の手元に転がり落ちてきた。後はどうにかして彼女に選んでもらえるように、一番近いところで努力することぐらいは許されるのではないだろうか。と隆史が考えたのはごく普通のことだっただろう。

そしてこの間、ようやく紗那から許可されて、彼女を手に入れた。多少の誤解があるのかもしれないと思っていたが、焦らず後はゆっくりと彼女との関係を深めていければと思っていた。

——なのに。

念願の一夜を過ごした後しばらくしてから、紗那は自分との関係に、明らかな一線を引いた。それを確認することが怖かった。もう一歩踏み込むことで、彼女が失恋した夜から作り上げた自分との絆《きずな》のようなものまで消えてしまいそうな気がした。

「参ったな……」

結局、紗那はまだ元彼のことが忘れられないんだろうか。

話を聞いた限り、最悪に近い別れ方をした相手だ。もう忘れたいという彼女の気持ちはひしひしと伝わってきた。だが、結婚まで考えて一緒に暮らしていた相手であれば、忘れたいから忘れられるというものでもないだろう。一緒に暮らして思い知らされたが、紗那は本当に情に厚い女性だと思う。

好きだった男性を忘れたいという気持ちがあったから、踏ん切りをつけるためにこの間の夜は隆史の誘いに乗ったのだろうということも想像がつく。

その後、紗那の様子が少しおかしいとは思ってはいたが、手元に置いている安心感から、ゆっくりと関係を築いていければいいと、深く考えないようにしていた。

(それに……)

紗那と一夜を過ごして数日後、隆史は久しぶりに遙佳に呼び出され一緒に食事を取った。その後ミナミ食品の第二営業課長に用事があったので、ついでに遙佳を送り届けた。

「それでは、隆史さん、失礼しますね」

ミナミ食品の秘書室前で挨拶《あいさつ》をすると、遙佳は笑顔で秘書室に戻っていく。既に勤務時間を超過しているというのに仕事熱心なことだ。と半《なか》ば呆れながら、隆史は勝手知ったる社内を歩いた。

エレベーターを降り、営業のフロアに向かうと、ちょうど会議が終わったのか会議室から男性が数人出てくる。目的の営業課長はまだ奥から出てきていないらしい。

「で、田川さん、元カノに鍵、渡せたんですか?」

その声に咄嗟《とっさ》に顔を下げて、自分の顔を見られないようにする。どうやら紗那の元彼の田川勇人とその後輩がこちらに向かって歩いてくるようだ。田川は向かって左、世間では甘い顔立ちと言われる、爽《さわ》やかなイケメン風の男だ。

(……俺とは全然タイプが違うな)

改めて見てそう思った。アレが紗那の好みであれば自分は対象外かもしれないと、一瞬気分が落ち込む。さりげなく彼らとすれ違い、背後で携帯を確認する振りで足を止めると、彼らは特に違和感を覚えることなく、歩きながら会話を続ける。すでに終業時間を二時間以上過ぎている。人も少なく彼らの声が大きいから、音が響く廊下では内容までよくわかった。

「あー。連絡したら即持ってきてくれて助かったよ。入り口で鍵だけ受け取ってさっさと帰ってもらったけどさ」

「けど同棲までしたわりに、最後はあっさりでしたね。婚約一歩手前まで進んでたんですよね。なんで別れちゃったんですか。やっぱり若い子の方がいいってことですか？」

後輩男性の問いに、田川はあっけらかんと楽しそうに答える。

「アイツ、半端《はんぱ》に仕事できる女でさ。どっちも働いているんだから、家事は平等にとかうるさくて……。それで最近は仕事で疲れてるからって、エッチどころか、奉仕もなくてさ」

「奉仕って……。いや新しい彼女って、元カノの後輩なんでしょ。まあエロいのは新カノの方だって言ってましたよね。その子ってどんなエロいことしてくれるんですか？」

男同士の下世話な話に紗那の名前が登場して、苛立《いらだ》ちが込み上げる。そんな隆史の様子など全く気づいてないであろう二人の会話は、まだまだ終わらなさそうだ。

（こんな話、聞くんじゃなかった……）

自分は好きな女性との秘めごとなど、誰にも話したくない。それをまるで笑い話のように話す男の感性が理解できない。隆史は溜め息をついて距離を置こうとする。だが乗ってきたらしい二人の会話は止まらない。

「いや、里穂ちゃん、めっちゃ積極的でさ。自分からエッチしようって誘ってくるし、こっちがその気がなくても、咥《くわ》えに来るし、パイズリとかもするし。必死っちゃー必死で可愛いなぁ。若干頭が悪そうなところもそそるし。わりといいところの子らしいのに、なんであんなに卑屈なんだか……」

「単にエッチが好きなんじゃないんですか？」

「かもな」

こんな会話を聞いているとイライラを通り越して、吐き気がしてきた。少しでも話が聞こえにくくなるように、足早に廊下を進む。

「咥《くわ》えて、パイズリか。それ、フーゾクっぽいですね。そんだけしてくれたら、そりゃ新カノに乗り換えちゃうかなあ。……そういや、営業アシスタントに入ってた派遣の子、高階《たかしな》さんって言ったっけ。あの子はどうしたんです？　この間の飲み会でお持ち帰りしたんでしょ。さんざん飲ませて潰して」

「あー。帰りにホテルに連れ込んでヤッたわ。でもブスだからな～。一回で充分。ああ、里穂ちゃんとこさ、親が金谷フーズのお偉いさんでさ、そういう意味でもメリットあるかなって」

「うわあ。元カノは普通のサラリーマン家庭の子って言ってましたよね。それで里穂ちゃんに乗り換えたんですか？　田川さん、鬼畜《きちく》っすねえ～」

遠ざかっても、ますます声が大きくなるから会話が丸聞こえだ。しかもさらに他の女の名前が出てきて、頭痛がしてきた。どう考えてもコイツは真っ当な倫理観を持った男じゃない。いや、あまり性質の良くない男だとは知っていたが、こうして本人の発言を聞くと、一層えげつない。

（紗那さんが外面だけが良い男と別れて、本当に良かった……）

すごく買っている部下の結婚相手がどんな奴か知りたいと言って、営業部所属だった頃の知り合いから最近の彼の情報を流してもらったところ、営業成績はともかく、社内での評判は著《いちじる》しく悪いと聞かされていた。特に女性関係は大きなトラブルになってないのが不思議なくらいだという。

そしてその話題を詳しくリークする人間がいる程度には、社内での敵も多い。

前の営業二課長は営業成績重視だったから、勇人は係長に抜擢《ばってき》されたものの、そのあたりから女性関係のトラブルに加えて、部下や派遣社員達へのパワハラじみた言動が増えていたため、社内コンプライアンスの観点から言っても、新しい課長の下での勇人への評価は相当に厳しいのだ。

（紗那さんは……こんな男に、涙を見せるほど傷つけられたのか）

そう思うと怒りがふつふつと込み上げてくるが、隆史が何かをする前に、男達は営業部のフロアに戻り声は聞こえなくなった。どちらにせよ、もう別れた男のことだ、と自分を無理矢理納得させたタイミングで、会議室から出てきた男が声をかけてくる。

「渡辺、待たせたか。悪かったな」

営業部第二課課長となった隆史の同期で、勇人の今の上司だ。隆史は笑顔で頷いた。

「いや、俺も今来たところだ」

「……紗那さんはもう帰宅したかな……」

同期と情報交換をした後、会社を出ると隆史はスマホのメッセージを確認した。どうやら既に家には戻っているらしい。

（紗那さんが家にいるから帰ろうか……）

正直あの男の顔を見て以来、怒りが収まらない。だが紗那に執着してこんな風に色々な情報を集めているなどと、彼女に今バレるわけにはいかない。帰宅するまでには普段通りの顔を取り戻す必要がある。

隆史は電車に乗る予定を変更して、二駅離れた自宅マンションまで歩いて帰ることにした。確か帰り道の途中に、紗那が美味しいと話していたプリンの店があったはずだ。スマホで検索すると、閉店時間までもう少し時間がある。電話をして、あと二十分ほどで取りに行くのでと取り置きを頼む。

（試食を兼ねて、一緒に食べようと言ったら、今夜付き合ってくれるだろうか）

紗那が淹《い》れてくれたお茶と共に食卓を囲むことを想像すると、にやけてしまいそうだ。

あの時、バーで紗那を待ち伏せして本当に良かった、と彼は小さく笑みを浮かべた。

「ただいま……紗那さん、田中亭《たなかてい》でプリンを買ってきたんだが、食べないか？」

帰宅途中でプリンを買い玄関で声をかけると、風呂上がりの紗那が顔を出す。気の抜けたカジュアルな格好に、乾ききってない髪と上気した肌が色っぽい。多少の幸運と、腹黒い策略で彼女を無事自分のテリトリーに囲い込んだ満足感で、隆史は思わず笑顔になる。

「わ、本当ですか？」

プリンの入った袋を差し出すと、紗那は嬉しそうにニコニコと笑い、お茶を淹《い》れますねと言ってくれた。

普段通りの彼女に見えるけれど、どこかぎこちない気もする。元彼氏と短い時間だが顔を合わせたらしいし、何かあったんだろうかなどと余計な想像をしていることに気づかれないよう、努めて冷静な顔をして、自室に戻り部屋着に着替える。

「田中亭のプリン、美味しいですよねえ」

隆史がリビングに戻ってくると、彼女は紅茶を淹《い》れてくれた。ダイニングチェアに腰かけて、二人で小さな壺《つぼ》に入ったプリンに匙《さじ》を入れる。

「…………」

ちらりとさりげなく彼女の表情を確認する。二年間、手に入れたいと思いながら、彼女の意思を無視するわけにはいかないと、ずっと我慢していた。だからこそ、失恋直後で動揺した、普段の彼女とは違う隙だらけの状態を放置できなかった。

(泣かせるくらいなら、俺がもらう)

こんな風にして、恋愛感情を持ってもらえるかはわからない。だが恋人候補、結婚相手として自分が最良であるとアピールできる位置は確保できた。情け深い彼女なら、恩を売ればそうそう逃げられない。そうやって距離を詰めていけば、そのうち自分と結婚してもいいかもしれない、と思ってくれるかも。

（それに、彼女とは価値観が一緒だからな）

美味しいものを食べたら警戒心が下がり、幸せな気持ちになれる。楽しい食卓を分け合えば相手との親近感も湧き、距離も縮まる。

いわば彼女との美味しくて幸せな食卓は、囲い込みの大切な手段の一つでもあるのだ。

「夜中にこんなもの食べたら、太っちゃいますね」

困ったように笑う彼女を見て、隆史も笑顔を返す。

「太っても、紗那さんは可愛いと思う」

本音だらけの言葉と共に、その頬を撫《な》でようとすると、紗那は一瞬顔を赤くして、それから隆史の手を避けてそっと距離を取る。

「そんなこと言われても、騙《だま》されませんよ」

つんとそっぽを向く横顔が綺麗だ。そう思いつつ、距離を取られたショックを笑顔で覆い隠す。あの夜、最後の一線を越えてしまったことについて、彼女は戸惑いがあるのかもしれない。だが……

（どれだけ大急ぎで、同棲先のマンションからここに連れてきたと思っている。悪いがもう逃さない）

紗那は誤解しているようだが、寝不足になったのは仕事のストレスのせいでもなんでもない。その原因となった紗那を手に入れて、腕枕する権利まで得たのだ。彼女を腕の中に抱いて眠ることさえできれば、寝不足などなりようもない。

「……そうか、抱き心地が良くなっていいと思うんだが……」

「――っ」

そっぽを向いた顔を覗き込んで上目遣いでそう言うと、紗那はぱっと立ち上がり、食べ終わった食器を片付けていく。

「じゃあ……今晩も重石《おもし》役、よろしく頼む」

囲い込んだはいいものの、距離を詰めすぎて嫌われることが怖い。だがこれではまるで、時代小説に出てくる、借金の形に娘《むすめ》を囲う高利貸しのようだ。

そんな言い方ではなくて、もっと素直に紗那が好きだ、と言うべきだということはわかっている。

それでも下手《へた》なことを言って、自分の強すぎる執着に気づかれて、彼女を逃したくないのだ。

だが隆史の言葉で、食器を持ってキッチンに移動する紗那の表情が曇《くも》ったことに気づかなかった。

そして、そのせいで彼女に出ていかれることになってしまったのだ。

第九章　直接対決と謎の美女の正体

（やっぱり気まずい感じになっちゃったな）

隆史にマンションを出るという話をした後、紗那は荷物を持ってマンションを飛び出してしまった。京香にそう電話で話をするとさっそく駅まで出てきてくれた。

「やっぱり、出てきちゃった……」

大きな荷物を抱える紗那を駅の改札で迎えてくれた京香は、呆れたような顔をする。

「室長とちゃんと話してきたの？」

本当は、全部打ち明けてから来い、と京香には言われていたのだ。彼のことを好きになったから、半端《はんぱ》な気持ちでは一緒に住めない、と話してこいと。

「………」

結局言いたいことすら言えなかった紗那は、京香の追及に黙り込む。すると京香は腰に手を当《あ》てたまま、深々とため息を吐き出した。前屈みになるくらいたっぷりと息を吐き出した後、顔をまっすぐに前に向ける。

「まずは話を聞くわ。気分転換に紗那が行きたがっていたアフタヌーンティー、行こっか！」

重たい荷物をロッカーに放り込み、紗那は京香と一緒に歩き始める。正直気分は乗らないが、それでも美味しいものを食べると考えると、少しだけ気持ちが上がる。だからこそ京香も誘ってくれたのだろう。京香が以前からチェックしていたという駅近くのホテルに向かう。

「ここのケーキ、見た目も可愛いんだけど、めちゃ美味しくてさ。一度アフタヌーンティーにも行ってみたかったんだよね」

京香の言葉に頷いていると頼んだ紅茶が届いた。それから宝石箱のように、色とりどりのスイーツやセイボリーが並んだティースタンドがやってきて、紗那は思わず歓声を上げてしまった。

「可愛いっ、めちゃ美味しそう！」

「見た目って大事よねえ……」

京香は冷静にそう言って頷くと、まずは味を確認とばかりに、セイボリーを一つ手に取る。

「見た目か……。私、室長の見た目は好みじゃなかったんだけどねえ」

ぼそりと呟くと、京香がおやおやというように、片眉を上げた。

「やっぱりその感じだと、室長には、好きだとかそういうの、何も言わなかったのね……」

現実を突きつけられた瞬間、ずーんと気分が重くなって、セイボリーに手が伸びず、代わりに紅茶を一口飲む。マスカットフレーバーと称される少し青っぽい香りを嗅《か》いで、隆史は紅茶ならストレートのダージリンが好きだったと思い出す。

「だってさ、好きでもない人間に告白されたら困るでしょ。しかも職場一緒だし。それに私も、こんな短期間に二人の男性から続けざまに振られたら精神的に保たない気がして……」

はぁっと息を吐くと、京香は仕方ないな、という顔をして頷いてくれた。

「まあね。十代の頃とは気力も体力も違うしね」

この年になると、色々なことに臆病《おくびょう》になってしまうのだ。

「まあ、職場の上司と寝ちゃった時点で、困った状況にはなるのは確実だけどね」

「そこはお互い大人だから、うん……一緒に暮らしてなければ大丈夫。アレは過《あやま》ち、間違い、勘違いってことで。職場では一線置いて付き合える」

そう言いながらも、実際どうなるかは、職場で顔を合わせなければわからない、と思ったことは京香には伏せる。

つらつらと愚痴《ぐち》を零《こぼ》していると、京香が紗那の気持ちを代弁するように喋り始める。

「つまり、最初はあの元彼に振られたことがきっかけで、室長の家で住むことになったんでしょ。最初は単なる同居人だったけれど、一緒にいるうちに相手が気になるようになってしまった。しかもうっかり気持ちが盛り上がってエッチまでしちゃった」

そこまで言われて、こくりと頷く。

「……でもよく考えたらちゃんと告白もされてない。コレってどういう関係？　でも失恋したくないから、ちょっと距離を置いて客観視してみよう」

もう一つ、こくりと頷く。

「さらに、彼は親会社の社長令息だと知ってしまった。これって身分違い？　しかも彼の父親についている、いかにも仕事ができそうな美人秘書との縁談を勧められているっぽくて、もうダメだ〜ってなって、告白も何もできずに逃げてきた」

そこまで言われて紗那は『あああ』と呻《うめ》くように声を上げて、視線を下に落とす。

「……異論はなさそうね」

そう呟くと、全然食の進まない紗那の横で、京香は楽しそうにセイボリーをもう一つ取り、美味しそうにそれを食べて、ティーカップを手に取ってゆったりと優雅にお茶を飲む。

そして一呼吸置いて、また紗那への追及を再開する。

「もう一度聞くけどさ、渡辺室長って、職場の女性部下をいきなり部屋に連れ込んで、一緒に住もうとか言う人だと思う？」

その言葉に頭の中で、女性関係については潔癖で、絶対に女性と必要以上に近づかない隆史を思い出す。

「あんまり、そういうこと、しなさそう」

「それに、あの嫌みな後輩に絡まれた時は、人前で告白まがいのことまでして、庇ってくれたんでしょう？」

確かにそれはそうだ。

「……そんなこと、普通にする人だと思う？」

営業で常に上位の成績を収めている京香の説得はなかなか上手い。つい彼女の望む、そして自分がそうであってほしいと思う答えを言ってしまいそうだ。だがその時、紗那は勇人に振られた時のことを思い出した。自分には隆史のような素敵な男性に好かれるほどの魅力はない。

「多分、室長は捨て猫とか、見捨てられないタイプなんじゃないかな〜」

猫を飼っていたと言っていたし、その猫も、もしかしたら元々捨て猫だったのかもしれない。などと考えて、自分まで拾ってきてしまった隆史の性格を考えると、めちゃくちゃ納得してしまった。

そう言うと、京香が大きく息を吸ってから、はぁっと派手な溜め息をつく。

「なんでそんな言い方するかな。まるで私に『そうじゃないよ。室長は、紗那のことが好きなんだよ』って言わせたいみたいに思えるけど？」

何故かその台詞《せりふ》を、すごく苛立《いらだ》たしく感じた。きっとそう思いたいのに、そう思うのが怖くて落ち着かなくて……。つい普段より大きな声を出してしまった。

「そんなの無理だし。私、エッチが下手《へた》程度で振られた女だよ？」

静かなラウンジだったせいで、少し強く否定した言葉は、割とよく響いた。

数名がこちらを見ているのに気づいて、首を竦《すく》める。

「……紗那、ごめん……」

変な言葉を引き出してしまったと思ったのか、京香が謝った瞬間。

「あれぇ、先輩。こんなところで何してるんですか？」

今一番聞きたくない声が聞こえて、身を隠したいような気持ちになった。でも逃げ出すわけにいかない紗那は俯き、目を伏せる。

「……金谷さん？　なんでこんなところに……」

心の底から歓迎していないとわかる、いやーな声で京香が呟く。

「ホテルのブライダルフェア、勇人くんと見に来たの。そうしたらラウンジのサービスチケットもらっちゃって。ね、勇人くん」

うふふ、と笑い声交じりの上機嫌な声が聞こえて、ゆっくりと視線を上げると、里穂の隣には当然のように、勇人がいる。

「……ブライダルフェア……」

つまり勇人は本当に里穂と結婚するつもりらしい。紗那とは二年同棲していても結婚に具体的に動かなかったくせに。里穂が相手になったら、いきなりブライダルフェアに行くのだ。一気に気分が落ち込む。

「そうしたら、『エッチが下手《へた》』なんて恥ずかしい言葉が聞こえたから、なんのことかって、びっくりしちゃった」

くすくすと笑って、里穂は紗那の顔を覗き込む。いや別れ話をした喫茶店で、貴女が言ったことじゃないかと喉まで言葉が出かかったけれど、ここで騒ぎたくなくてなんとか呑み込む。

「そういえば今日は、渡辺室長とは一緒じゃないんですか〜。あんな告白っぽいことしてきたのに、室長やっぱり紗那さんには本気じゃなかったってことですかねえ。あの人って女性関係、色々問題あるみたいじゃないですか〜」

わざわざこんな風に絡むために、自分達の席からこの席にまで来たらしい。

「ああ、紗那。お前、渡辺さんと付き合うとかそういう話でもあるの？　いや、あの人はやめておいた方がいいよ。自分の部下の女性にちょっかい出した上に、別れ話が上手くいかなくて、相手の子に仕事を辞めさせるように仕向けたらしいじゃん。でもって本人はすぐに子会社に出向だろう？

絶対に渡辺さん側に問題があったんだよ。実質左遷《させん》とか言われてたくらいだし」

人の悪口を楽しそうに話す勇人を見て紗那は愕然《がくぜん》とする。

「勇人、渡辺さんのこと、知ってるの？」

「一瞬上司だったことがあったんだよね。……まあ、噂《うわさ》はともかく、あの人、俺の上司だった時、仕事とか細かくてうるさくて、ほんと無駄な動きが多いってか、面倒な男でさ」

ペラペラと隆史のことを喋り続ける勇人になんだか苛立《いらだ》ちが込み上げてくる。というか、勇人と隆史が一緒に仕事していたなんて初めて聞いた。紗那はますます気分が滅入《めい》ってくる。

「アンタがそれを言うな！　少なくとも噂《うわさ》レベルでなく、女性関係がいい加減なのが誰なのかは、私は目の前で見てよく知っているし。……ってか普通に考えて、自分の彼女と、彼女の職場の後輩と二股かけるとか最低だよね」

つい背中を丸め、俯いてしまった紗那の代わりに、京香が勢い良く言い返す。紗那は京香の気持ちが嬉しくて、声を荒らげないように大きく息をついてから、ゆっくりと声を上げた。

「……少なくとも勇人よりは、隆史さんの方がずっと誠実だよ」

「どこがよ。里穂が歓迎会で、室長にちょっと声かけた時は、嬉しそうに後ついてきたくせに、人がいなくなったら、すごい失礼なこと言ってきてさ」

「……失礼なこと？」

なんの話をしているのだろう、と京香が尋ねると、里穂は鼻に思いっきり皺《しわ》を寄せて嫌そうに吐き捨てた。

「『誰にでもそういう態度を取っていると、貴女の価値が下がりますよ。少なくとも俺は貴女に価値を見出せませんから』って偉そうに」

「いつの話？」

思わず聞き返すと、里穂はムッとしたような顔をしているだけで答えない。多分、里穂が最初に商品企画室に来た直後の歓迎会のことだろうか。あの時までは、里穂はすごい勢いで隆史に擦り寄っていたから。なるほど、隆史にそこまで言わせるようなまねをしたのかと思うと、正直引いてしまう。

「なるほどね。金谷さんの渡辺室長嫌いは、一度こっぴどく振られているからなのか」

あはははは、と楽しそうに声を上げた京香を睨むと、里穂はその苛立《いらだ》ちをぶつけるように、紗那の方を向く。

「まあ、紗那さんは勇人くんに振られて、それから一ヶ月ぐらいで今度は室長に振られたんですね。そりゃ紗那さんみたいにエッチが下手《へた》で、地味でフツーの顔したつまらない人より、スタイル良しの、ミナミ食品社長のお気に入りの美人秘書と結婚する方が、色々得ですもんね！」

そう里穂が声を上げた瞬間、まっすぐこちらに近づいてきた人に紗那は目を見開く。

「あら……。私のこと、そんなに褒めてくださってありがとうございます。でもみっともないくらい大きな声で通路まで丸聞こえですわよ。せめて社名は伏せていただかないと」

うふふと笑いながら、里穂の肩を叩くのは、今話題の中心になっていた美人秘書の遥佳だ。その後ろには……

「隆史、さん……」

彼は紗那の顔を見た瞬間、ホッとして、次の瞬間なんとも言えない表情を浮かべる。

「あ、室長。今日はデートですか？」

懲《こ》りない里穂の言葉に、隆史は少し考えてから頷く。

「ああ、これからそうしたいな、と思っている」

少し不思議な言い方で肯定する隆史と、隣に立つ遙佳の顔を見て、やっぱり二人はお似合いだな、と思う。胸がぎゅっと締め付けられるようで苦しい。なんだか耐えがたいほど胸が痛くて、無性に泣きたくなる。

「紗那さん、可哀想。短期間で二回も振られるとか……ホント、残念すぎ～」

けたけたと声を上げて笑う里穂を無視して、遙佳は紗那の方を見てにこりと笑う。すると勇人が、隆史に声をかけた。

「お久しぶりです、渡辺さん。子会社でのご活躍は色々聞いていますよ」

そう言って勇人もにやにやと笑う。どうやら隆史が子会社に左遷《させん》されたという思い込みが勇人を強気にさせているらしい。

「ありがとう。ところで田川さんは結婚されるそうで。おめでとうございます」

隆史は淡々と答え、頭を下げる。

「ところで、金谷さんは田川さんと結婚する予定で、先日、退職願を出したと聞いたんだが……金谷さんは、それで本当に良かったのか？」

その台詞《せりふ》に里穂はふんと鼻息荒く笑う。

「ええ。もちろんです。勇人くんがしっかりお仕事して、里穂は専業主婦するので」

紗那は勇人の稼ぎを知っているから、そこまで余裕があるのかと、少し不思議に思う。だがそれ以上に、目の前の隆史と遙佳が並んでいる様子の方がずっと気にかかっていた。

「……わかった。処理しておくよ。ちなみに田川さんは、次の辞令で地方の支社に係長級のまま異動になるそうなので、まあ金谷さんも彼についていくのなら、退職していくのがいいかもしれないな」

その隆史の発言で、勇人と里穂が一瞬戸惑い、次の瞬間、各々《おのおの》声を上げる。

「ど、どういうことですか？」

「なんで室長がそんなこと知っているのよ！」

二人の声に、困惑したような表情を浮かべ、遙佳が口を開いた。

「一つ目のどういうことか、ということにつきましては、田川勇人さんに対して、複数の社員、派遣社員からセクハラ、パワハラに該当する訴えがあったので調査中だったのですが、先日そちらが終了しまして。週明けに減俸と共に異動が命じられる予定だからですね。まあ辞令より二日早くお知らせしてしまいましたが、すでに社としては決定事項ですし、田川さんにとっては急な辞令ですから、早めにお知らせしておくほうが親切ですわね」

にこりと笑って、遙佳が勇人に伝える。勇人が遙佳を睨み付けるが、遙佳が平然とその鋭い視線を受け止めると、勇人は次の瞬間、おろおろと目が泳ぎ始める。

紗那はなんとも言えない気持ちでそんな情けない元彼の様子を見、隣の里穂に視線を向けるが、彼女は今の話の意味がよく呑み込めないらしく、ぽかんとした顔をしていた。

「それから、何故事情を知っているかという問いに関しては、隆史さんがミナミ食品グループ渡辺社長のご子息かつ、田川さんの元上司で、田川さんの社内調査の際、ヒアリングを受けた立場だから、ですかね」

うふふと楽しそうに、美しく塗られた唇の端を上げて、遙佳は女性でも見とれそうな極上の笑顔を見せた。一瞬隆史が焦ったような顔をしたのは、それを公《おおやけ》にするつもりではなかったからだろう。

遙佳の発言を聞き、隆史の表情を見た里穂は、ようやく意味が理解できたらしい。

「セクハラ？　減俸に……地方に左遷《させん》？　ちょ……勇人くん、どういうこと？」

「俺も知らないよ。セクハラとか……何を言っているんだか……」

「派遣元の会社から問い合わせが来ているんですよ。お酒を飲ませて泥酔《でんすい》させた上で性的関係を持ち、それが発覚した後は派遣元にひどい評価を出されたくなければ黙っているように、と脅迫《きょうはく》まがいのことをされたとか……。被害者の女性の方は、弁護士と共に性的暴行の被害届を出しに、警察に行かれる予定みたいですよ」

「被害届？」

「え、気持ち悪い。近寄らないで！」

さっきまでラブラブで繋いでいた手を思いっきり振りほどかれて、左遷《させん》を通告された勇人は呆然とその場で周りを見回している。

「……それで逮捕とかになったら、左遷《させん》どころか、解雇とか普通にあり得るじゃん……」

ぼそっと京香が呟く。

遙佳の発言を聞いて、紗那はざっと背筋が寒くなるような気がした。そんな人だったなんて……本当に全然気づかなかった。数ヶ月前までは結婚を真面目に考えていたのに。

「……さっき秘書の方が言ってましたけど……室長って、渡辺社長の息子、だったんですか？」

一方、ショックを受けているはずの里穂は、勇人の手を振りほどいた後、何故か妙にうるうるした瞳で隆史を見上げる。

「あの、私、やっぱり室長のこと、素敵だなあってずっと思ってて」

さっきまで隆史のことをあれだけあしざまに言っていたのに、隆史に擦り寄る里穂の態度に京香がドン引きしている。紗那も里穂の豹変《ひょうへん》が気持ち悪くて仕方ない。

「……隆史さん。早く結婚してほしいと社長もおっしゃられていましたが、いくらなんでも、こんな尻軽な方はやめておいた方が」

遙佳は擦り寄る里穂を見て、美人にあり得ないくらい、顔を梅干しのように顰《しか》めて隆史の耳元で囁《ささや》く。

「いやいや。そもそも好みでもないし、一度きっぱり断っているし。……正直、この人と結婚なんて死んでも無理だ。……そもそも俺は好きな人がいるし」

遙佳の言葉に即答する隆史。じっと互いを見つめ微笑み合う息の合った二人の会話に、紗那は再び胸が痛くなる。

「でしたらいい加減、口説《くど》き落として結婚相手として連れてこないと、本当に社長に無理矢理見合いを設定されますよ。跡を継ぐのは芳史《よしふみ》さんでいいけれど、次男にも落ち着いてほしいと、社長、最近うるさいんです」

紗那が勝手に胸を痛めていると、遥佳の声が聞こえてきた。遥佳との見合いが進んでいるのではと、紗那は二人の顔を見上げる。

「あの～。室長。その目の前の秘書との結婚を勧められているのでは？」

どこか面白そうに京香が尋ねると、隆史は首を傾げる。

「彼女はもう結婚しているよ」

隆史がそう答えると、遥佳が紗那に名刺を差し出してきた。

「……ところで和泉さん。先日はありがとうございました。あらためて私、渡辺遥佳、と申します」

その言葉に一瞬全員が固まる。紗那は『秘書室　渡辺遥佳』という名刺を機械的に受け取りながら、どういうことなのだろうか、と呆然と見つめている。

「え、もしかしてもう室長と、入籍だけしちゃったとか？」

とんちんかんな里穂の言葉に、紗那はハッと顔を上げて隆史の顔を見た。もしかして、実は結婚を勧められて、すぐに入籍だけしたなんてこと……。話の流れからあり得ないと思いながらも、あまりにもお似合いの二人だから、つい不安になってしまう。

「え？　私の入籍ですか？　もう二年ほど前にしてますが……」

「……は？」

にこにこと笑って返す遙佳の言葉に、全員が中途半端《はんぱ》な声を上げた。

「……あの、渡辺室長と遙佳さんはどういうご関係で？」

いち早く冷静になった京香が尋ねる。

「色々誤解が生じているみたいですけど……。私、隆史さんの兄、芳史の妻です。つまり隆史さんの義理の姉にあたります。芳史とは付き合いが長いので、まあ実質、隆史さんは弟みたいなものですね。……ですので社長同様、いい人と早く結婚してほしいってお節介を焼きたくて……。ですので紗那さん、もしよろしかったら、今後は私のことは姉と……」

「……遙佳さん、もういいです。後は自分で言います」

隆史は困ったように言うと、にこにこと楽しそうに笑う義理の姉を後ろに押し戻そうとする。

「……ちなみに金谷さんは何か勘違いされているようですが、紗那さんが振られることはありません。もし振られるなら、俺が紗那さんに告白して振られるだけですから」

呆然としている紗那に隆史が手を差し伸べる。

「頭おかしいんじゃない？　なんでそんな不細工でエッチが下手《へた》な女がいいの？」

里穂が声を上げる。だが隆史は彼女の顔をちらっと一瞥《いちべつ》して顔を顰《しか》めた。

「……金谷さんが何を言っているか、俺は本当にわからない。……紗那さんは美人だし、可愛いし、性格もいいし。……もちろん抱き心地も極上だが？」

「ちょっ――」

隆史の赤裸々《せきらら》な台詞《せりふ》に、紗那は悲鳴のような声を上げてしまった。その反応で、二人の関係がわかったらしい里穂がカッと顔を赤くするが、恥ずかしがっているわけではなく、ふるふると拳を握って震わせている辺り、思い通りにならなくて怒りを覚えているのだろう。

色々な意味で驚愕《きょうがく》している紗那を見て、隆史は整った顔に柔らかく笑みを浮かべた。奥でニマニマと笑っている京香が憎らしい。

「……これから、紗那さんに聞いてもらいたい話があるんだ。全部打ち明けるから俺の話を聞いてほしい」

あまりにも色々なことがありすぎて呆然としている紗那の手を、隆史が捕らえて、そっと握る。

「あ、松岡さん。隆史さんに居場所を連絡してくださって、ありがとうございました。そろそろいい時間になりますから、これから私と飲みに行きません？　今日夫は海外出張中で、私一人で外食予定だったんです。ね、どうですか？　お礼を兼ねて私、おごりますわよ」

遙佳の言葉に京香がノリノリで席を立つ。

「ミナミ食品グループ次期社長夫人のおごりですか？　行く、行く。絶対に行きます！　美味しいもの、食べに連れていってくださいー」

そう答え、京香は紗那に手を振って、楽しそうに遙佳と一緒にラウンジを出ていこうとする。だが何か思い出したように立ち止まり、紗那達の方を振り返った。

「あ。紗那、素直になりなよ。あと、室長も！　貴方たちが中学生の恋愛みたいな面倒なことしているせいで、ややこしいことになってんだから」

京香はそう言って、紗那達をびしっと指さす。その横には「がんばってね、隆史さん」と言いながら両手の拳を握りしめ、応援するポーズをする遙佳さんがいて、紗那達は思わず苦笑いしてしまった。

ちらりと背後を振り向くと、何やら口喧嘩《くちげんか》をしている勇人と里穂の二人がいて、隆史は肩を竦《すく》める。

「じゃあ、俺たちも移動しようか。これから俺は色々黙っていたことを紗那さんに謝った上で、全力で紗那さんを口説《くど》かないといけないから……」

ちらりと視線を下ろして紗那の顔をじっと見つめると、彼は小さく笑う。

「それって……」

紗那が尋ねようとすると、ちょんと軽く唇に指を押し当《あ》て、すぐに離れる。

「最初から、全部話をするから聞いてもらって、それで紗那さんにどうしたいか判断してほしい」

彼の言葉に頷き、紗那は隆史と共に、ゆっくりとラウンジを出ていく。

「……うちに、帰ろう。話を聞いて紗那さんが無理って思ったら、そのまま松岡さんのところに行ってもらって構わないから……」

彼の言葉に、紗那は再び頷いた。

＊＊＊

「あの……聞いてもいいですか？」

多分長丁場になるからと、デパ地下で夕食用のお惣菜《そうざい》を買い込み、ロッカーから荷物を持ち出し、隆史のマンションに戻ったのは、夕方の六時頃。

飛び出してきた時と、一つも変わらないダイニングテーブルを囲んで紗那は隆史に尋ねた。

「ああ、なんでも答える」

真面目な顔をして頷く隆史に、紗那が最初に聞いたのは、何故あの場に彼がやって来たのか、ということだった。もっと他に聞くことがあるだろうとは自分でも思うが、まずは聞きやすいことから聞いていこうと思ったのだ。

「ああ。紗那さんが出ていって、すぐに引き留めようと思ったけれど、多分、少し時間を置かないとお互い冷静になれないと思ったんだ。……それでも、紗那さんがどこに行くのか気になって」

彼の言葉に紗那も頷く。あの場で引き留められたら、逆に感情的になって言わなくていいことまで言ってしまったかもしれない。

「まあ……紗那さんの実家は遠いし、前の部屋は契約解除した後だったたし。……松岡さんなら知っているか、もしかしたら松岡さんのところにしばらくいる可能性もあるなと思って。で、松岡さんの上司である澤井営業課長に、松岡さんに緊急で伝えたいことがあるから、彼女から電話をしてもらうようお願いしたら、すぐに松岡さんから連絡が来た」

紗那は彼の言葉に思わず唸ってしまった。

「……ってことは、もしかして京香は私と会う前に、隆史さんと連絡を取っていたってことですか？」

紗那の問いに、隆史は小さく頷く。どうやら京香はそのことを紗那に黙っていたらしい。

「……で。京香にはなんて言ったんですか？」

「そのままだが……。紗那さんともう一度ゆっくり話をしたいから、紗那さんと会うのなら、どこにいるか教えてほしいって……」

（京香、そんなこと、何も言ってなかったのに……）

若干裏切られた気持ちだが、それでも京香が常に自分を心配してくれているのはよくわかっている。頷いて、話の先を促《うなが》した。

「そうしたら松岡さんからも、二人とも感情的になっているから、少し時間を置いた方がいいと思うと言われて。ただ、紗那さんがどこにいるかは教えてくれた。そのタイミングで遙佳さんからも連絡があって……。父が本気で見合いをセッティングしようとしているから、気になっている人がいるのなら、ちゃんと事情を説明したほうがいいと言われた……」

それで遙佳と自分の関係について、何か誤解されているようだと話をすると、自分がその場に行って説明するから、誤解を解いたら後は頑張って紗那を口説《くど》け、と遙佳が息巻いて主張したらしく……

「あの人、見た目じゃわからないけど、強引で本当に人の話を聞かないんだ。俺のことは弟どころか、下手《へた》したら子分扱いだし。昔から敵《かな》わなくて。……兄貴も完全に尻に敷かれているな。まあ頼りになるので、次期社長夫人として、父からの信頼は絶大だが」

困ったように笑う隆史の言葉を聞き、紗那のイメージの中の理知的で楚々《そそ》とした遙佳と、彼の話とのギャップに不思議な気分になる。

「まあそれで遙佳さんと一緒に松岡さんからの連絡を待って近くで待機していたら、『金谷さんたちに紗那が絡まれて大変だから、助けに来てくれ』ってメッセージが飛んできて、慌ててその場に行ったら……」

事情が理解できて、紗那はああ、と小さな声を上げた。

「そういうことだったんですね」

少なくとも遙佳については、自分が勝手に誤解していただけだ、と理解できた。

「それで……」

「あのっ……」

瞬間、隆史と声が重なった。

「他にも気になることがあれば答えるけれど、一番先に言わないといけないことを言ってもいいだろうか？」

一呼吸置いて、隆史は落ち着いた声で紗那に問う。何を言われるのか。もしかして隆史も自分に好意を持ってくれているかもしれないと期待をしてしまう。でも、もし全然違っていて、またしても失恋したら、自分は気持ちが保つだろうか。

紗那は千々《ちぢ》に乱れる感情に、呼吸が浅くなる。それでも彼の話を聞かなければ先に進めないだろうと、彼の顔をまっすぐ見上げた。

「あの……はい。聞きます」

何か言いたいような気がして、それでも何を言っていいのかわからなくて、代わりに紗那は大きく息を吸った。

「……紗那さんに言えなかったことがいくつかある。一つ目は、さっき遙佳さんが言ってしまったが、俺の父親はミナミ食品の代表取締役社長をしている渡辺史雄《ふみお》だってこと」

紗那は彼の言葉に頷く。そのことはもちろん知っている。だがそれを彼から直接聞かせてもらえたことが嬉しい。

「はっきり言うと、渡辺家の人間だからといって、特別扱いされるのが嫌だったから、今も自分の実家のことは社のほとんどの人間が知らない。身内だからと加点評価されるのも、実力と違う判断をされるのも望んでない」

まっすぐ紗那を見つめる目は真剣だ。

「逆に言えば、家の名前を背負いたくない。俺は自分が望む行動をしたいし、自分の行動には自分で責任を取りたい。それには渡辺家の名前は邪魔になるって考えた」

「それじゃあ、勇人が隆史さんの立場を知らないのって……」

「言ってないからな。当然」

その言葉に、なるほど、と声を漏《も》らした。

「ついでに、そのことも謝る。田川勇人は営業部時代の俺の部下だったからよく知っている。だが……当時から彼への俺の評価はあまり良くなかった。しかし、あくまでそれは仕事上の評価だったし、個人的に紗那さんに対する感情があったから、偏《かたよ》りすぎるかもしれないと思って紗那さんには言わなかった。あと田川が言っていた俺の女性問題っていうのも……」

「それ、隆史さんが渡辺社長の息子っていうのと関係ありますか？」

ふと紗那の頭に、いきなり態度を変えた里穂の姿が浮かび、そう尋ねると彼は苦笑いをして小さく頷く。

「ああ。どこからか、俺が渡辺社長の息子だって聞きつけた女子社員にしつこく付きまとわれた。断ったら、俺に騙《だま》されたのなんだのって、あちらこちらにややこしい噂《うわさ》を広めて回って……。最終的に弁護士から通告を出したら、彼女の方も自分のやらかしが怖くなったらしく、自主的に退職するって言い出した。……それでも噂《うわさ》のせいで周囲が騒がしくなったから、ほとぼりが冷めるまでとミナミ冷食に異動願いを出した。まあ元々冷凍食品業界に興味があったからいい機会かと思って」

彼の言葉を聞いて、勇人があれこれ言っていたことをようやく理解した。

「それで……」

隆史は改めて紗那の顔をじっと見つめた。

「俺にとっては、親のことはさほど大きなことではないというか、そう思いたい部分もあって、人には言わなかった。そういうことを知った途端、相手が変わるのも何度か見たしね。ただ、紗那さんがそう思ったように、本人以外からそんな話を知らされたら、なんで黙っていたんだ。信用してくれなかったのかと……そう思う気持ちも理解できる」

彼はそこまで言うと、深々と頭を下げた。

「騙《だま》すつもりなんてまったくなかった。でも黙っていて悪かった」

頭を下げた彼の、普段見えないつむじが見えて、なんだか逆に申し訳ない気がしてきた。紗那は慌てて彼の肩に手を伸ばし、押し戻す。最初から知っていたら、自分だって違う世界の人だと思って近づけなかったかもしれないのだ。

「隆史さんは隆史さんだし、親が誰でも、どんな立派な人でも、変わらないってはっきり言えます。しかも言った瞬間、態度が変わる人を見たら、言うのが怖くなる気持ちもわかりますし」

口にした瞬間、なんだか自分が、彼の親にこだわっていたことが不思議に思えてきた。

「こっちこそ、勝手に嘘をつかれているような気持ちになって、多分態度にも出ていたと思うし……ごめんなさい」

お互いに頭を下げ合って、顔を上げて目を合わせ、ふっと小さく笑う。そうだ、彼との間の、こんな空気が好きだったのだ、と紗那は改めて思った。

第十章　失恋の特効薬は美味しい恋人

「それから一番大事なこと……」

謝ってスッキリしたらしい。彼は息をつくと、紗那をじっと見つめた。

「もしかして、気づいていたかもしれないが、俺はずっと紗那さんのことが好きだった」

その言葉に紗那は目を瞠《みは》る。

どくんと心臓が跳ね上がって、どんどん心臓の鼓動が速度を速めていく。

「……ずっと？」

一緒に住み始めてからではないのか、と意外に思った紗那が聞き返すと、彼は困ったような笑顔を見せた。その笑顔がなんだか切ない感情を呼び起こす。

「ずっとって、どういうことですか？　あの……いつから？」

紗那がそう尋ねると、彼は緊張していて力が入っていたらしい肩を落とし、椅子の背に体を預けてから、もう一度困ったような笑みを浮かべた。

「……もう一年半……近くになるか」

そう言って話し始めた内容に、紗那は目を丸くする。彼が商品企画室に来て半年ほどで、紗那に好意を持ち始めていたこと。当時は紗那が勇人と結婚前提で同棲をしていたため、その感情はけして見せないようにしていたこと。……それに。

「だから紗那さんが彼と別れた日に、俺があのバーにいたのは、偶然でもなんでもなくて」

一瞬彼は気まずさを誤魔化すように視線を机に落とし、もう一度視線を上げた。

「紗那さんのことがずっと好きで、あの日、あの男と紗那さんが別れ話をすると、金谷さんが話していたのを聞いて、あのバーに行ったんだ。もしあそこで会えたら、今度こそ自分の気持ちに素直に行動しようと思って……」

そう言うと彼はまた目を伏せて、それから話を続けた。

「それで一緒に飲んで、どこかで告白しようと思っていたら、『エッチが下手《へた》だから振られた。確かめてください』って強《したた》かに酔っぱらった紗那さんに言われて。自分の部屋だったし、あの……さすがに一年半片思いしていた人に酔っている状態で抱きつかれたら……こっちも酒が入っていたし、理性の方が保たなくて……」

「……す、すみません……それは、そうですよね」

彼の言葉に、紗那も困ったように視線をさまよわせる。じわっと頬に熱が込み上げてきて、慌て両方の頬を両手でぎゅっと押さえて恥ずかしさに耐える。

「ただ、あの日一緒に一晩過ごしたら、夜は安心感でよく眠れたし、もう絶対に手放したくなくなった。だから、翌日には半《なか》ば無理矢理、同棲先から荷物を引き払わせて、こっちに荷物を移させたし、そのまま俺のマンションから出ていけないように必死に囲い込んだんだ……」

紗那の向かいで、隆史は頬杖をついていた手を目元に置いて、目を隠したまま溜め息をつく。だが紗那が黙っていると、ようやく手を外し、もう一度紗那に向き合った。

「そこから先は紗那さんも知っているだろう？　飲み会で告白まがいのことをしてみたり、紗那さんが新しい部屋を探す邪魔をしてみたり。……まあ、みっともないほど、迷走した」

そう言われてみれば、冷静沈着な彼らしくない、まるで大事なものを手元に囲い込むような、そんな行動もたくさん取っていた……のかもしれない。

「紗那さんが彼と別れた夜、失恋したばかりの紗那さんに告白したんだ。でも当然『今はそんなこと考えられない』って言われて……。まあそりゃそうだろうと思ったんだが、そうなったら、今度はいつ告白していいのかわからなくなった。それでも、もう他の男に取られるのは絶対嫌で、それで……」

怒濤《どとう》の告白ラッシュに、なんだか眩暈《めまい》がしそうだ。何より心臓がドキドキしすぎていて、収まりそうにない。

「ちょ、ちょっと待ってください」

そう言って目の前に置かれていたお茶を一気に飲み干すと、紗那は立ち上がり、もう一杯ずつ彼と自分のお茶を淹《い》れた。

急須から注ぐ音を聞いているうちに、少しずつ冷静になってくる。つまり彼の話をまとめると、隆史はずっと紗那が好きで、紗那が彼氏と別れると知って、その日のうちに紗那を捕まえに来た。そして自分はまんまと彼に捕まった、というわけだ。

「あの、前に話していた、振られたっていうのは？」

「正確に言うと、失恋した、だな。相手は紗那さんだ。好きになった時点で結婚前提の同棲相手がいたからあっけなく失恋した」

「えっと、じゃあ腕枕をするような女性がいたわけじゃ……」

「ここ一年半はずっと紗那さんに片思いしてたから、そんな相手はいない」

「……じゃあ、腕枕の重石《おもし》役……は？」

「それはササラだな。腕枕で寝るのが好きな猫だったんだよ。宅配が来た時に逃げ出して、ちょうど動き出したエレベーター乗り込んで、そのまま外に出てしまって行方不明に……心配でさらに寝不足が悪化した」

「……え？　腕枕の重石《おもし》って……猫のササラちゃんだったの？」

驚いていると、彼は申し訳なさそうな、どこか嬉しそうな顔をして頷く。

「もしかして少しぐらい気にしてくれていた？」

そんな彼の前にお茶を置き、自分の前にもお茶を置いた。

「……いいなあ、紗那さんは。本当に思い通りになんでも信じてくれる」

つまり妬《や》かせる目的で、わざと誤解させるように言っていた、ということだろうか。

「そういう考え、良くないと思います」

パシッと紗那が指摘すると、彼は眉を下げて謝る。

「……ごめん。紗那さんをなんとか手に入れたくて、必死だったんだ」

もしかしてこの人は若干、危うい人なのかもしれない。でも紗那も勇人と付き合っている時は、彼が嫌がるからあまり干渉しないようにしていたけれど、自分だって本来は嫉妬《しっと》もするし執着心が強いタイプなのだ。

だとしたら、彼も同じように紗那に束縛されてくれるかもしれない。

その時、机に置いてあったスマホの通知画面が目に入ってきた。京香からの『ちゃんと告白できた？』というメッセージが見えて、紗那はハッとして目の前の人を見つめた。

どこか落ちつかない様子の隆史は、普段は用意周到なくせに、今は熱々のお茶にいきなり口をつけて、熱っ、と小さな声を上げている。その姿を見ていたら、紗那は胸がじんわりと温かくなってきた。

（私の知っていた渡辺室長は仕事の段取りから実行まで、全部完璧な人だったけど……家にいる時の隆史さんって、たまに抜けている人だよね）

そんなことを思っていたら、小さく笑みが零《こぼ》れた。

「……隆史さんって、思った以上に策略家だったんですね」

紗那がそう言うと、彼は深々と頭を下げた。

「それこそ、自分の家のこととかは嘘をつこうと思って言わなかったわけじゃないが、でも確かに紗那さんを囲い込もうとしたし、腕枕のことも、失恋したって話も、ちょっとくらい妬《や》いてもらうきっかけにならないかなと思って、わざと具体的な説明をしなかった。申し訳ない」

なんだか素直すぎて、おかしくなってきた。それにそんな人にすっかりほだされていた自分にも……

「囲い込みやら、不穏なことを色々言われましたけど……」

笑いながら言うと、彼はすごく難しい表情を浮かべた。期待したいような、怖いような、何か言いたいような、そんな表情だ。

「もう、私、失恋したて、なんて言いませんから……」

告白を促《うなが》すみたいに見つめると、じわっと彼の首筋が赤く染まっていく。

「あぁ、もう。ずるいな、紗那さんは」

そう言うと、彼は席から立ち上がり、紗那の前に来た。思わず紗那も立ち上がり、彼と視線がぶつかる。

「……ずっと紗那さんが好きだった。紗那さんが他の誰かを好きになる前にと焦って、色々ずるいことも卑怯なこともした自覚はあるし、それはいくらでも謝る」

直角、と表現しても良いほど深々と頭を下げるので、紗那はますますおかしくなってしまった。またもや目の前に見える彼のつむじを、つんと突くと、彼がちらりとこちらを確認するように視線を上げた。

「……私も、気づいたら隆史さんのこと、好きになっていたみたいです」

紗那が答えると、彼は目を見開いて、次の瞬間、目尻に皺《しわ》を寄せて。ふわりと笑みを浮かべた。

「ありがとう。もし良かったら、結婚を前提に付き合ってほしい。ちなみに結婚するのは紗那さんがしたいって思ってくれたらいつでも。明日でもいい」

きっと、勇人に二年間待たされた挙げ句、振られてしまったのを知っているから、あえて彼はそう言ってくれたのだろう。

「一つだけお願いがあります。……浮気はしないでください。もう……あんな思いは絶対に嫌だから」

紗那の言葉に、隆史はまっすぐな視線を返して頷く。

「あちこちに気持ちをやれるほど器用じゃない。誰かを好きになったら他の女性には興味を持てなくなる。……一年半見込みがなくても、紗那さんに対する思いはずっと変わらなかったんだ。信じてほしい」

真摯《しんし》に紗那の言葉に答えてくれる彼の気持ちが嬉しい。

「実は私もけっこう執着が強いんです。出さないように必死でしたけど。好きな人には妬《や》くし、束縛もしたいし……それでも良ければ」

笑顔で答えた瞬間、隆史に抱きしめられた。そっと頬を撫《な》でられて、コツンと額《ひたい》を合わせる。

「良かった。俺の執着の強さを理解してもらえなかったら、一生、隠さないといけないと思っていたから」

そう言うと彼は顔をますます近づけてくる。一瞬躊躇《ためら》ったけれど、隆史の長い睫毛《まつげ》が不安げに微かに震えているのを見て、そっと目を閉じる。

ふわりと唇同士が触れて、そっと離れる。ぎゅっと抱きしめられて、彼が耳元で深々と溜め息をつく。

「……やっと手に入れられた」

その声には万感の想いが込められているようで、それだけで胸がきゅんと切なく疼《うず》く。どこか懐かしくて切なくて苦しい鼓動と、溶けてしまいそうな甘い感情に包まれて、ふわふわと心が浮き上がる。ああ、恋ってこんな感じだったたと改めて思い出す。

「……本当に私で良かったんですか？」

それでも聞いてしまうのは、やっぱり次の恋に怯えているからだ。

「紗那さんじゃないとだめだ。紗那さんが好きだ。……これから必要な時に、何度でも言うから、不安になったらいつでも、何度でも聞いてほしい」

くすりと笑って彼がそう答えてくれるのは、紗那の気持ちが傷ついたことを、隣で見てよく知っているから。

「……ありがとうございます。……大丈夫になるまで、何度も言ってもらえたら嬉しいです」

小さく笑みを浮かべると、彼は頬にキスを落とす。

「失恋したての紗那さんを、大急ぎで捕まえたんだ。そこらへんは当然フォローする」

ちゅっと、次に落ちてきたのは額《ひたい》へのキス。

「ただ、紗那さんは男性に騙《だま》されやすいタイプだから、次の恋愛の相手は絶対に紗那さんを幸せにしてくれる相手を選んだ方が良い」

耳朶《みみたぶ》にキスをして、耳元で囁《ささや》く。

「ってことで、俺にして大正解だと思う。こう見えて誠実だし、浮気は嫌いだし……めちゃくちゃ重たい感情を向けてしまう可能性は高いけど……」

ふと真面目に考え始めた彼を見て、紗那は微笑む。

「私は重たいくらい好きでいてくれる人が好きですよ。前の恋愛では、束縛すると嫌われると思ってできなかったですけど、許されるなら、めちゃくちゃ束縛したいです」

それでも良いのか、と尋ねるように言うと、彼は何故か嬉しそうに笑った。

「紗那さんに束縛されるのは嬉しいな。どっちかって言うと紗那さんは猫タイプかと勝手に思ってた。猫は好きだけど、冷たくされると凹《へこ》む」

再びキスが落ちてきて、彼はさりげなく紗那の手を取った。

「お腹、空《す》いている？　食事は後でもいい？　俺は紗那さんにめちゃくちゃ飢《う》えているんだけど……」

耳元で囁《ささや》く声が色っぽくてゾクゾクしてしまう。アフタヌーンティーは全部食べられなかったけれど、紗那も今はお腹が空《す》いているというよりは……

「私も、隆史さんに飢《う》えている、かも？」

そう言った瞬間、浮かれているみたいに足取りが軽い彼に手を引かれ、気づいたらベッドルームに連れていかれていた。

そして我慢の限界、とばかりにあっという間にベッドへ押し倒される。

「紗那さん、愛してる。貴女がずっと欲しかった」

ゾクリとするような甘くて真剣な囁《ささや》き。顔の横に手をついてじっと見つめる瞳の真摯《しんし》さに、もう一度恋してもいいのだ、と素直に思えたことが本当に嬉しい。

「私も、隆史さんが好き」

　仕事に対して真剣な上司の顔も、紗那を遊園地で振り回すやんちゃな顔も、二人で美味しいものを食べた時に見せる嬉しそうな笑顔も、気づいたら胸の中にしっかり根を下ろしていた。新しい恋の種子はとっくに芽吹き、紗那をこんな幸せな気持ちにさせてくれるのだ。

　じっと見つめ合って、ほんの少し恥ずかしく感じつつ、キスをするために目を閉じる。そっと頬に触れて撫《な》でてくれる指が優しくて気持ちいい。目を閉じてその心地良さを楽しんでいたら、ふっと小さな笑い声が聞こえて、唇の端にキスが落ちてくる。

「紗那さん……可愛い」

　指を互い違いに絡めて左手を繋ぎ、その薬指にもそっとキスが落ちる。何も言わないけれど、まるでこの指は自分のものだ、と言われたような気がした。そんな風に思ってしまう自分も、それを嬉しいなんて思う自分もなんだか照れくさい。

「……紗那さんがその気になったら、ここに指輪を贈らせて」

　そう思った瞬間に、そんなことを言われたから心臓がバクバクして、なんだか悶《もだ》えたくなる。

「……いや？」

　尋ねられて、どう答えたら良いのかわからず、とりあえず目の前にあったうなじに手を伸ばし、ぎゅっと抱き付く。

「嫌じゃないですっ」

　答えた途端、唇にキスが落ちてくる。唇の柔らかさを確かめるようにゆっくりと触れて、味わうように下唇を食《は》む。それから彼の舌が紗那の中に入ってくるのと同時に、控えめに胸に手を置かれ、やわりと触れられると自然と甘い吐息が漏《も》れた。

「……紗那さん、すごく色っぽい顔をしてる」

一瞬唇を離し、やわやわと服の上から胸を揉《も》まれて熱っぽく囁《ささや》かれると、なんだかとってもエッチな気分になってくる。以前の感じにくかった自分はなんだったんだろう、と思うくらいだ。

恥ずかしくて、じわっと頬が熱くなる。視線を避けて横を向くと、ふっとまた彼が笑う気配が近づく。首筋に唇が落ちて、前開きのカットソーのボタンを外されて、徐々に開かれていく気配に、たまらなくドキドキしてしまう。恥ずかしくてずっと瞼《まぶた》は閉じたままだ。その瞼《まぶた》に小さくキスが落ちる。

目を閉じているから、彼の微かに震える吐息も、優しい指もはっきりと感じ取れた。鎖骨の辺りまで落ちてきた唇は、軽く肌を吸い、チクリと痛みを残す。

「んんっ」

堪《こら》えきれなくて喘《あえ》ぎ交じりの息が漏《も》れる。背中に彼の手が回り、あっさりとブラのホックを外されると、自由になった胸の先をずらすようにして曝《さら》け出されてしまった。

薄目を開いて、胸の先にキスを落とす隆史を見つめた。彼はどこか幸せそうな顔をして胸に顔を埋めていて、愛おしいような可愛らしいような不思議な感覚を覚える。

カップの中から胸を掬《すく》い出すと、やわやわと下胸を揉《も》みしだき、ツンと尖った乳首を覆うようにして唇で捕らえた。もう一方の胸の先も指の腹で転がすようにされると、彼を見つめている余裕はなくなってしまう。

「はぁっ……んっ」

ビクンと体が震える。彼の舌がいやらしく動き、唇は胸の先の感じやすいところを潰すように扱《しご》く。左右交互にたっぷりと刺激され、我慢できずに恥ずかしい声が上がる。

「ね、紗那さん、見て。先、こんなに尖って硬くなってる」

ちゅっと音を立てて淫《みだ》らな愛撫《あいぶ》から解放されると、そんな風に囁《ささや》かれた。言われた通り視線を向けると、さんざん口内で弄《もてあそ》ばれ、今まで見たことがないほど艶《つや》やかに赤みを増して硬く尖っている胸の先を見せつけられて、恥ずかしさに慌てて視線を逸らす。

「ほんと、紗那さんはエッチだな」

嬲《なぶ》るように指先ではじかれて、ゾクンとした快楽に体が自然とうねる。

腰が揺れただけで、湿った下着の中から、くちゅと濡れた音が聞こえそうで、羞恥心《しゅうちしん》に全身の血が沸騰するような気がする。

「……そんなに恥ずかしい？」

わざわざ顔を覗き込んでする彼の意地の悪い問いに、紗那は耐えきれなくて顔を両手で覆う。

「隆史さん、意地悪っ」

「ほんと、紗那さんは最高に可愛い」

そう言うと身を起こすように抱きかかえられて、上半身の服を脱がされてしまった。そのまま流れるようにスカートのホックも外されて、ショーツだけの姿になる。

「……っ」

よく考えたら、お酒が入らずに、隆史とこうしているのは初めてかもしれない。恥ずかしくて慌てて傍《かたわ》らにあったタオルケットを引き寄せて、自分の体を隠した。

すると彼は小さく笑って、紗那の体の横に膝をつき、自分のシャツを一気に脱いだ。

(ちゃんと裸の彼を見たのも、初めて……かもしれない)

休日にジムに行くような人だ。その体は甘やかしている紗那の体と違って、薄明るい光の下で、筋肉の薄い影が入り、引き締まっていて綺麗だった。

彼は躊躇《ためら》うことなくスラックスまで脱ぐ。紗那が恥ずかしい気持ちと、彼を見たい気持ちとの狭間《はざま》で、タオルケットからちらっとだけ顔を出していると、準備万端になった彼がタオルケットをあっさりと紗那の手から抜いてしまった。

「わ、ちょっ」

慌ててタオルケットにすがろうとするけれど、彼はにこりと爽《さわ》やかに笑って、無情にもタオルケットをベッドの反対側に投げる。

「隠すのは禁止。そんなことしたら、せっかくの紗那さんが見えなくなる」

「あの、だっ」

ダメと言おうとした途端、ぎゅっと抱きしめられてしまった。

温かい体が紗那の緊張を少し解《ほぐ》す。彼が紗那の首元に猫のように額《ひたい》をすり寄せる。大きな体に包まれて、恥ずかしさよりホッとするような気持ちや、ドキドキする感情が上回る。

力の抜けた体を再度ベッドに沈めて、彼は紗那の胸の下や腹部にいくつもキスをした。大きな手に柔らかく撫《な》でられて、どんどん力が抜けていく。おへその辺りにキスをされて、恥ずかしいのとくすぐったいので、思わず笑ってしまった。

「だめ、そこ、くすぐったいっ」

「笑っている紗那さんが一番好きだ」

そう言うと、彼は身を起こし紗那の唇にキスを落とす。そっと頬を撫《な》でて、髪を梳《す》くようにして耳元にかけて、その耳朶《みみたぶ》を指先で擦る。さっき笑ってしまったのに、今はゾクリとする感覚に、甘い吐息を漏《も》らす。

「……もちろん色っぽい顔も最高だけど、俺に心を許した状態で触れられて、安心して抱かれてほしい。紗那さんは綺麗だし、愛おしくて大切な女性だ。紗那さんを否定する男は貴女に相応《ふさわ》しくないし、俺はそういう触れ方はしないから」

耳元で囁《ささや》いて、左手はゆっくりと胸の横から腰のラインをなぞるように指先で辿る。身を委《ゆだ》ねてもいいんだ、という安心感と共にお腹の奥がきゅうんと疼《うず》く。

「女性は触れる相手を信頼できないと、感じることができないっていう話を聞いたことがある。だったら、俺は全力で紗那さんに信頼される人間になりたい」

優しくて真摯《しんし》な声を耳元で感じながら、紗那の心は安心感で満たされていた。目を閉じてその感覚に集中していると、彼がそっと紗那の最後の下着を取る。とろりと既に蜜が溶け出しているのがわかって、恥ずかしいけれど、素直に感じている自分が嬉しいとも思う。

「紗那さんは感じやすいし、エッチが下手《へた》なんてことはないから信じて」

あぁ、もうたっぷり濡れている、と欲望に掠《かす》れた声が囁《ささや》く。

完全に彼に身を預けて触れられていると、体のどこにも力が入らずに、ぐにゃぐにゃなまま彼の思う通りになっていくみたいだ。

「あぁっ……」

くちゅりと、今度ははっきりと淫《みだ》らな水音が聞こえた。秘めた部分を開かれて、彼の熱を帯びた視線を感じる。

恥ずかしくて逃げ出したくても、タオルケットは取り上げられてしまったし、顔を両手で覆って、イヤイヤと体を揺することぐらいしかできない。けれど彼はそんな紗那に構うことなく、もっと乱れさせようと紗那の中心を開き、そこをゆっくりと往復するように撫《な》でる。それから蜜がたっぷり絡んだ指先を感じやすい芽に滑らせた。

「ひぁっ……ぁ」

ビクンと体が跳ね上がる。彼は紗那の腰をベッドに押さえ込み、片手でそこを大きく開くと、容赦なく唇を寄せ、その部分を味わった。

「……紗那さんの、ここ、おいし……っ」

「あっや、何言っているっ……はぁ、んっ……ぁ」

恥ずかしいことを言われて体が熱を持つ。温かで湿ったモノが感じやすい芽を包み、さらに尖るように何度も舌先で転がしていく。

「だって、すごく硬くなって、コリコリしてて……旨いんだ」

変態っぽい言葉を言われているのに、羞恥心《しゅうちしん》が余計に快楽を高めていく。何度も吸われ、舐められていると、その辺りを中心にして快感が広がり、愉悦《ゆえつ》の湯に浸《ひた》されたようにじんわりと熱を帯びていく。

感じやすい芽ばかり刺激されて、入り口の辺りが物足りなくなってきて、ひとりでにはくはくと、その部分が収縮を始める。

「紗那さん、ここも欲しい？」

紗那の喘ぎが切なさを帯びると、彼は口での愛撫《あいぶ》に加えて、入り口を刺激するように指で何度も辿り、紗那が耐えきれずに腰を揺らし始めた辺りでゆっくりと奥まで中指を差し入れた。

「それ、きもちいっ……」

内側からの刺激に、思わず声を上げてしまった。以前ならそんな風に指を突き立てられたら痛くて体をこわばらせていたのに、隆史の指は紗那の中になんの抵抗もなく吸い込まれていく。自分が彼の指をねっとりと包み込んでいる。その上、柔らかく抜き差しされると、お腹の中の熱は先ほどよりさらに温度を上げる。

「……気持ちいい？　中がひくついて、感じてるって教えてくれているよ」

唇が離れ、柔らかく囁《ささや》かれる。体をずらして彼の顔が近づき、そっとキスを交わす。

指は完全に紗那の中に入り、先ほどまで唇と舌で刺激されていた芽を、今度は親指で愛撫《あいぶ》されている。じわじわと愉悦《ゆえつ》が高まっていく。もう一度大切そうに唇を合わせ、キスをされる。

キスの合間に「愛してる」「可愛い」と囁《ささや》かれると、なんだかすごく幸せで、とろとろに蕩《とろ》けてしまった体は彼が与える刺激に素直に反応する。

「んっ……すごく、きもちっい……」

そう声を上げる度《たび》に、彼が嬉しそうに笑みを浮かべる。

最初の頃は無邪気に見えたその微笑みは、紗那が感じるほどに色気を増し、艶《つや》めいたものに変わっていく。そんな彼と目が合うたびに、視線だけでさらに愉悦《ゆえつ》の奥深いところに引き込まれていくようだった。

自分のすべてを受け入れてもらっている感覚が、さらなる悦《よろこ》びを体の奥から導く。舌を絡めるキスが、こんなに気持ちいいなんて思ったことなかったのに、彼とするキスは、紗那の中心を刺激している指の刺激と渾然《こんぜん》となり、どちらがどのように刺激されているのかわからないような感覚になる。

唇を覆われて、声が出せないのが切なくて、だけど隆史にすべて預けているみたいで、なんだかたまらない気持ちになる。水がコップから溢《あふ》れるように、悦《よろこ》びが高まって抑えきれず、気づくと体を震わせていた。

「あぁ、紗那さんの中がうねってる。もう……イきそうだろ？」

耳元で艶《つや》めいた吐息と共に、恥ずかしい体の変化を暴くように囁《ささや》かれて、刹那《せつな》それが溢《あふ》れ出す。

「やぁっ……、きちゃっ……う」

彼の指をきゅっと中が締め付ける。きゅんきゅんと愉悦《ゆえつ》が溢《あふ》れ、気持ち良さが全身に広がっていく。涙がじわりと湧く。小刻みに体を震わせながら、絶頂感に身を預ける。

ピクン、ピクンと体を震わせつつ、息をゆっくりと整えると、彼がじっと自分が達する様子を見てたことに気づく。

「——っ」

恥ずかしくて逃げ出したい。けれど彼は満足げな顔で紗那の頬を撫《な》でる。

「やっぱり紗那さんは最高だな」

ちゅっともう一度軽くキスをすると、彼は身を起こした。下着を脱ぎ避妊具をつけている姿を、こっそりと細目で盗み見る。

(やっぱり……大きいよね)

とか考えてしまっていることは絶対にバレてはいけない。なんて思っていたのに次の瞬間、準備が終わった彼がニヤッと笑ってこちらを見る。

「……紗那さん、見てたの、バレてるよ」

「——っ」

逃げようとした瞬間手を捕らえられて、彼のそれに触れるように促《うなが》される。逃げ切れず手を沿わせると、熱くて硬くて、息が詰まりそうになった。

「この前、大きいって言ってくれたよね。今回の方がもっと大きくなってる。紗那さんの気持ちを聞けたからめちゃくちゃ興奮してる。……ね、こんなに紗那さんが欲しくて、たまらなくなっているんだ」

広げる。

懇願《こんがん》するような目に、紗那は眉を下げた。彼に触れてない方の手を、隆史を抱きしめるみたいに

「……私も、私も、同じ気持ち……」

恥ずかしいからそれ以上は言えないけれど、そう言って眦《まなじり》を下げて微笑むと、彼は嬉しそうに紗那に覆い被さってきた。体を開かれて硬くて熱い彼自身が、紗那のとろとろに溶けた中にゆっくり入ってくる。

「はぁっ……いぃの……」

彼でいっぱいになっていく。それがたまらなく気持ちいい。押し開かれる感覚が、こんなに心地良いものだなんて知らなかった。彼はどう思っているんだろう、と顔を上げて彼の表情を見ると、隆史は目を細めて長い睫毛《まつげ》を震わせ、すごく幸せそうな表情をしている。きっと自分もそんな幸せそうな顔をしているのだろう。そっと手を伸ばして彼の頬を撫《な》でると、彼はその手を取り、紗那の手のひらに唇を押し当《あ》てた。

「紗那さん、愛してる。ずっと……貴女の隣にいられる立場が欲しかった」

囁《ささや》きながらも、貪欲な彼の腰は紗那の最奥を目指し、ゆらゆらと彼女の中を揺らす。無理に進んで紗那を傷つけることなく、紗那が望んで身を委《ゆだ》ねるのを待つような、そんな征服の仕方だった。

彼の表情を見て、じわりと悦《よろこ》びが込み上げるに従って、紗那は彼の表情をじっくり見ている余裕がなくなっていく。紗那が彼を最奥まで受け入れると、彼はゆっくりと動き始める。

中を押し広げるように彼が擦り上げる度《たび》に、体が彼に内側から変えられるような気がした。熱く

て硬くて、擦れる度《たび》に、紗那はクリームのように、とろとろに溶けていく。

「はぁっ……ぁ、きもち、いいの……」

さっきから気持ちいいとばかり言っている。今までの自分とは全てが作り替えられたように、隆史に抱かれていると安心して、快楽だけを追えるのだ。

「……きっと俺と紗那さんの相性がいいからだな」

はっ、と息を乱し、額《ひたい》に汗を滲《にじ》ませて彼は嬉しそうに囁《ささや》く。もしかしたら食事の趣味と同様に、こういうことにも相性はあるのかもしれない。

(でも多分、一番は相手を思いやる気持ちを、隆史さんが持っているからだろうな)

きっと自分が相手でなくても、大切な人であれば彼はこうやって大事に愛するのだろう。そう思った瞬間。

「……これからは、他の人、見ちゃダメですよ」

抑え込めなかった本音が漏《も》れてしまう。するとぎゅうっとキツく彼が抱きしめてくれる。彼自身が奥まで押しつけられて、子宮の入り口にコツンと触れたような気がした。きゅんと胸とお腹の奥が甘く切なく疼《うず》く。

「……紗那さんも、他の人はもう見ないで。俺だけ見てほしい」

熱っぽく囁《ささや》いて、唇が重なる。キスをしたまま抱かれると、すごく気持ちいい。とろとろに溶けた体を緩やかに合わせていると、あっという間にまた果てが迫ってくる。

「んっ、また、イっちゃうっ」

彼に体を絡ませて、キスの合間に囁《ささや》くと、彼は紗那のお尻の辺りに手を当《あ》てて、ぐいっとさらに深く貫く。体がぶつかり合うほど深くまで交わって、もう一段階上の悦楽に登りつめる。

「あぁっ……は、あぁあっ、やぁっ」

何度も体を震わせて、絶頂に達すると、彼はそっと紗那の額《ひたい》にキスをする。達した後なのに気持ち良くて、紗那はふにゃりと笑みを浮かべた。

「――紗那さん！」

次の瞬間、紗那の体を抱え直し、彼は激しく体を揺らした。とろとろの中を彼の硬いもので激しく貫かれて、愉悦《ゆえつ》の果てにまた無理矢理引っ張られていく。

「ちょ、だめ、まだイッてるのにっ」

掠《かす》れ声を上げると、余計に彼を煽《あお》ってしまったらしい。隆史は荒々しく紗那の体に自らの体を打ち付ける。

紗那がもう一度絶頂に追い込まれ、どろどろに溶けるのと同時に、彼が身を震わせて、皮膜越しに熱を吐き出す。自分のお腹の中でそれを感じながら、紗那は力尽きて落ちてくる彼にぎゅうっと抱きついた。


とろとろと眠っていたところを抱きしめられて、紗那は緩やかに目を覚ます。

「んっ、なに……隆史さん？」

「紗那さん、喉、渇いてない？」

まだ明け方だ。紗那はぼうっとしながら隆史に手を伸ばし、喉が渇いた、と答えた。

「じゃ……、少しだけ飲む？」

頷くと、身を起こそうとする前に、口移しで水を飲まされる。びっくりして目を見開くと、薄闇の中で彼は小さく笑った。

「目、覚めた？」

彼は一眠りしたら目が冴えてきたらしい。うつ伏せになってスマホを確認すると、まだ四時頃だ。もう一度寝直そうとした瞬間、背中にキスが落ちてきて、ピクンと体を震わせた。

「た、隆史……さ……ひゃう」

思わず声を上げてしまう。何故なら隆史が紗那の裸の背中に、舌先を滑らせたから。ゾクゾクとして慌てて逃げようとした瞬間、するりと手が胸元に入ってくる。

「隆史さん、私もうちょっと眠ろうって……」

非難の声を上げると、彼は悪戯《いたずら》っぽく笑いながら、紗那のうなじを掻き上げてキスをいくつも落とした。不埒《ふらち》な指は柔らかく胸の感触を楽しんでいる。

「も、だめっ……」

上げた声が既に甘い。クスクスと笑い続ける彼は紗那の背中にもキスをする。

「明日は俺が紗那さんの世話を全部してあげるから。もう一度だけ……」

甘えるように言われ、胸が期待で高鳴ってしまう。一瞬振り向いて軽く睨むと、頬にキスされた。

「そういえば、紗那さんの背中、可愛がってなかったなって思って」

睨んだのに、彼は受け入れられたことがわかったらしい、つぅっと肩甲骨《けんこうこつ》の辺りから、下に向かって指を滑らせていく。またピクンと体が跳ね上がる。やわりとお尻を持ち上げるように触れて、あっという間に谷間に指を這《は》わせた。

肩口にキスをしながら、眠りに落ちるまでたっぷりと弄《もてあそ》んでいた部分に指を入り込ませていく。

「さんざんしたから、あっという間に受け入れてくれそうだな」

慌てて逃げようとした瞬間、腰を抱かれて軽く浮かされる。

「もう、疲れてないんですか？」

最後の抵抗とばかりに紗那が声を上げると、彼はクックツと笑った。

「俺は疲れてないけれど、紗那さんは疲れているならそのままでいいよ。でも触れたら、したくてたまらなくなった……ダメじゃないよね？」

はっきりと聞かれてしまうと、断ることもできない。

仕方なくて照れ混じりに小さく笑うと、彼は耳元で、ありがとう、と囁《ささや》く。それから腰を抱き、彼はゆっくりと自分自身を宛《あて》がう。

（わ、もう……）

「てか、隆史さん、元気すぎません？」

「だって、紗那さんが可愛すぎるから……」

「もう、そう言えば許されるって思ってます？」

一瞬振り向いて文句を言うと、唇が奪われる。少しだけ不自由な体勢で、彼が中に入ってくる。

じわじわと、じっくりと押し広げられて、息が詰まりそうになった。

「あっ……ふか……い」

びっくりするほど奥まで入られて、思わず逃げたくなる。腰も両手も押さえ込まれると、完全に身動きが取れなくなった。

「……もう、逃がさないから。覚悟して」

耳元で囁《ささや》く声は、先ほどよりぐっと低く、掠《かす》れている。普段は温和で穏やかな彼の雄の部分が露《あら》わになったみたいで、その声だけで背筋が甘く粟立《あわだ》つ。

「紗那さん、こんな風に拘束《こうそく》されると感じるんだ」

耳元で『ぎゅーっと俺を締め付けてくる』と囁《ささや》かれて、恥ずかしい性癖が暴かれたことへの羞恥《ちゅうち》が込み上げて、それが余計に感受性を高める。

彼の攻めは緩やかなものだから、追い込まれるのではなくて、じわじわと心地の良い快感が紗那を高めていく。温かい肌に抱かれて、とろとろと蕩《とろ》けそうな愉悦《ゆえつ》に酔う。

「ゆっくり高まっていく紗那さんは、すごく綺麗だ」

髪を撫《な》でて、背中にキスを落とされる。緩やかに揺らされて、甘い快楽にじわじわと侵食されていく。

果てを求めるでもない、抱きしめられる延長上の交わりに、紗那は身も心も愛される幸福感に揺蕩《たゆた》う。

「紗那さんはやっぱり最高だ。大好きだ」

照れたみたいに囁《ささや》く彼が愛おしい。紗那はそっと彼の手を唇に押し当《あ》てて、幸せな笑みを零《こぼ》す。

「……隆史さんが好き。愛してる」

そう囁《ささや》き返すと、彼は紗那の耳元で、くくくっと喉を震わせて、機嫌の良い猫のように笑った。

エピローグ

明け方まで、お互いの気持ちを確認し合い、さんざんベッドでいちゃいちゃして。

ようやく昼頃に目覚めた二人をベッドから引き離したのは、食欲だった。

「こっちはレンジで温め直すね。最後に軽くローストするほうがいい？」

「その方が旨いね。俺、バゲットを切って、トースターであぶるわ」

「パンにはバターがいい？　オリーブオイルがいい？」

冷蔵庫の前に立ち、紗那はそう尋ねる。食べることに妥協しない二人は、一番美味しい状態で食事を取れるようにちょっとした手間をかけるのをいとわない。

(きっと一緒に生活するなら、こういう人が良いんだろうな)

相手にさせるのではなく、お互いできることを自然にできる関係。電子レンジで料理を温めている間に、パンをトーストし、ワインを取りに行き、グラスを机の上にセッティングしている隆史を見て、紗那は自然と笑顔になる。

「……いただきます」

二人で向かい合って食べるのは、デパートで買ってきたデリサラダに、チキンのロースト、隆史が用意してくれたチーズと生ハムとワイン。グラスを合わせると華やかな音がする。さっき見たらバカラのグラスだった。

「一人暮らしなのに、バカラのグラスなんですね」

管理するのも大変だろうに。曇《くも》り一つなく綺麗に磨かれたグラスを見ながら突っ込んだら、彼は、美味しいものを食べるのにワインは絶対に大事だし、グラスもワインの味に影響するから、と真面目な顔で返してきた。そういう感覚は紗那にもよくわかる。

「……美味しい」

サラダもチキンもすごく美味しい。

「お腹が空《す》いているから余計だな」

お互い緊張しながら食べたあの昼食から、もう丸一日ぐらい経っている。

「空腹は最高のソースっていうけど、一緒に食べる相手も大切な要素だな」

うんうんと頷く彼の様子に思わず笑ってしまった。

ふと彼が手を止めて、何かを思い出したようにニヤリと悪い顔をする。

「どうしたんですか」

尋ねると、彼はグラスのワインを緩く揺らして芳香《ほうこう》を味わいながら、もう一度笑った。

「昨日さ、田川さんと金谷さんを置いて、ホテルのラウンジを出てきただろう？」

その言葉に紗那は頷く。

「今気づいたんだが、伝票を置きっぱなしにしたなと……」

それを聞いてハッとする。そういえば、机の上の飲食代を払わずに出てきてしまった。

「わ、どうしよう。後で払いに行かないと……」

紗那がそわそわすると、隆史はさっきみたいな悪い笑みをもう一度浮かべた。

「いいんじゃないか。前紗那さんが別れ話された時は、伝票を置きっぱなしで出ていったんだろう？　今回はあの男が払ったんじゃないか？　まあ気になるなら後でホテルに問い合わせるけど」

見栄っ張りの勇人のことだ。きっと払って出ていっていると思う。あの別れ話の時の合計は二千円に満たなかったけれど、今回はホテルのアフタヌーンティーだ。二人で一万円は超えているだろう。どうしようかと一瞬辺りを見回したけれど、ふっと息を漏《も》らす。

「……ま、いいですかね」

「紗那さんは請求する気がなさそうだし、俺も関わらせたくないから勧める気もないが、婚約不履行で訴えたら、もっと高くつくから、お茶代ぐらいはいいだろう？」

そう言われたらそうだ。思わず紗那もちょっとだけ黒い笑みを浮かべてしまった。

「お茶代ぐらい、払ってもらっても全然問題ないですね！」

きっと京香ならそう言うだろう。

自業自得の勇人の今後がどうなるか、そして退職願を既に出してしまった里穂がどうなるかは正直興味がない。紗那が肩を竦《すく》めると、隆史のスマホが突然鳴った。

紗那は電話を取ってと言う代わりに頷く。登録されていない電話番号だと呟きながら、隆史は電話を取った。

「……はい、そうです。……え？　ササラが見つかったんですか？　はい、良ければ今からお伺いします」

その後、一言二言会話をして、彼は電話を切る。

「もしかして、猫ちゃん、見つかったんですか？」

紗那の言葉に隆史が頷く。

「ああ、近所の獣医からだ。どうやら近所の家で保護されていたらしいんだが……ちょっと事情がよくわからないから、引き取りがてら、話を聞きに行く。紗那さんはどうする？」

気になるので紗那も彼と一緒に猫を迎えに行くことにした。


「……それで、この猫も良かったら引き取ってもらえないかと思って……」

そして、その獣医のもとに行くと、隆史の猫の他にもう一匹の猫を引き取ってほしいと言われてしまった。

「どういうことなんですか？」

話を聞けば、ササラは隆史の部屋を飛び出した後、近所の親子に拾われたらしい。そこの家ではもともと子猫を飼い始めたところだったため、ササラも一緒に面倒を見ることにした。だが子供に猫の毛のアレルギーが出てしまい、困って獣医のところに連れてきたのだという。

そこで獣医は迷い猫の届け出から、隆史の連絡先を知り、今回電話してきたそうだ。そして飼えなくなってしまったもう一匹の猫も、隆史に引き取ってもらえないか尋ねてみた、という事情だったようだ。

「この二匹がすごく相性が良かったようで。離して飼うよりは、一緒に飼った方がどちらにとってもいいんじゃないかと思って、まあ尋ねるだけ尋ねようと……」

獣医の言葉に隆史は納得した顔で頷いた。

「紗那さん……どう思う？」

猫の部屋があるくらい充実している隆史のマンションなら、確かにもう一匹飼うのは問題ないかもしれないと思う。それに紗那も猫は好きだ。

「この子なんです……」

ゲージから出された子猫は大人の猫より一回り小さくて、人なつっこい。口元に手をやると、べろりと舐められた。可愛くてつい眉間の辺りをゆるゆると撫《な》でてしまった。

「……可愛い」

思わず声を上げると、隆史はふっと笑顔になる。

「紗那さんが嫌でなければ、その子も引き取りましょうか。保護してくれた親子のおかげで、ササラは無事だったわけだし。飼い主の責任があると言っても、小さな子供にアレルギーが出たんじゃ、続けて飼うのも苦労するだろうし」

隆史にも甘えている子猫を見て、彼は頷く。

「俺が紗那さんと仲良くするには、ササラにも自分の仲間がいた方がいいだろうし。毎晩ベッドで紗那さんとササラが睨み合っているのも……楽しそうだけど」

ぽそりと紗那の耳元で囁《ささや》いた隆史を、紗那はじろっと睨む。けれど、二匹で遊び始めた様子を見て、隆史も紗那も仕事をしているから家にいないことも多いし、この二匹にとってそれが一番良いのかもしれない、と思ったのだった。

その後、譲渡の手続きを取り、紗那と隆史は二つのゲージを持ってマンションに帰る。とりあえず子猫の餌を分けてくれた獣医はとても良い人だ、などと話をしながら帰宅し、猫たちをマンションのリビングに放した。最初は様子を窺《うかが》っていたが、最初にササラが、そして子猫が一緒に部屋の探索を始める。隆史はそんな二匹を見て、紗那にもう一度飲み直そうとワインを注いでくれた。

子猫はササラに構ってほしいというようにちょっかいをかけて、久しぶりの家でのんびりしようとしていたササラにシャァと威嚇《いかく》されている。それでも楽しそうにじゃれつく子猫の相手を、ササラは面倒くさそうに、けれどどこか愛情を持ってしているように見えた。

「ササラ、大人になったな……」

マイペースすぎて、自分のしたいことは主張するけれど、隆史の思い通りには一切ならない猫だったらしい。

「いっそ、紗那さんと俺の取り合いをしてくれるような猫だったら良かったんだけどな……」

などという都合の良い夢を語る彼の額《ひたい》を指先で突く。

「明日は猫グッズ、買いに行かないとですね」

獣医からもらったメモを見て、隆史は頷く。当座の餌はもらったが、数日分程度だろう。ササラの餌も、子猫の餌も買いに行かないといけない。

「とりあえずさ」

だから彼の次の話題は明日の買い物についてだろう。そう思った紗那が彼の顔を覗き込むと、彼はふっと目を細め笑う。

「近いうちにうちの両親に会ってくれる？」

猫のことばかり考えていたら、突然とんでもないことを言われて、紗那は目を見開く。

「早いところ、結婚を前提に付き合っている人がいるって紹介しないと、見合いをセッティングされそうだからな」

彼の言葉に紗那は苦笑しつつ頷く。

確かにせっかく結婚を前提に交際を申し出てくれた素敵な人に、新しい見合いなどされてたまるものか。

「わかりました。断固阻止します」

紗那が力強く答えると、隆史が笑った。

「良かった、これ以上ややこしい包囲網を敷かないで済みそうだ」

彼の言葉に紗那も笑顔になる。頼りがいのある肩に猫のように頬をすり寄せると、隆史も笑みを深くした。目の前では二匹の猫が楽しそうに追いかけっこを始める。

「こいつら、このままここに置いておいても大丈夫そうだな。……紗那さん、もう一度ベッドに行く？」

誘うみたいに囁《ささや》く隆史に紗那は小さく笑って答えた。

「朝までしてたし……。今夜は私、腕枕役に徹することにします」

「マジか！　今、俺は不遇な時期を乗り越えて、性欲が完全復活してるんだけど」

「……とりあえず、今晩は腕枕一択で」

隆史が誘惑するように首筋にキスをするのを避けながら、紗那はクスクスと笑う。

元彼と別れて二ヶ月、紗那は新しい恋と、猫付きの最高に美味しくて素敵な新生活を手に入れたのだった。

番外編　美味しくて蕩《とろ》けるように甘い蜜月を

「オラ！」

扉を開けた途端、明るいかけ声が小さなバルの中に響く。旅のムック本で紹介されていた人気の店の中は驚くほど人でいっぱいだ。紗那は手を引いてくれる人を見上げながら、恥ずかしそうに挨《あい》拶《さつ》の言葉を口にする。

店の外まで漂《ただよ》っていたガーリックの美味しそうな匂いが、扉を開けると共にぶわりと広がる。たまらず紗那のお腹がくぅっと小さな音を立てた。活気溢《あふ》れる店内を通り、カウンター近くに陣取ると、賑やかな店内でも声が聞こえるように、耳元で隆史が尋ねてくる。

「紗那さん、何食べる？」

「ここのオススメってなんでしたっけ？」

紗那の言葉に、隆史は店員に流暢《りゅうちょう》なスペイン語で何かを尋ねる。ハイスペックな隠れ御曹司（と言うと本人はすごく嫌な顔をするけれど）な彼は、どうやら英語の他にスペイン語もいけるらしい。

「隆史さんってこっちの言葉も勉強したんですか？」

と尋ねると、第二外国語で習っただけだと答えた。正直、第二外国語なんて、大学でちらっと習い、ギリギリで単位を取ったくらいで、今となっては挨拶《あいさつ》程度しか話せない紗那は苦笑いするしかない。

「どっちかって言うと、あちこちフラフラしてた時期に、現地で覚えた感じかも。それにここはバスク語じゃないと通じない店もあるみたいだけどね」

などと会話しながら、紗那が並んでいるピンチョスの中で気になるものを指さす。受け取ったピンチョスとタパスをつまみつつ、陽気な店員が高い位置から注いでくれる、チャコリという微発砲のワインを一口飲む。

「うっまぁ。最高！」

少しドライな味と炭酸の刺激が口をさっぱりさせて、食事の味を引き立てる。思わず声を漏《も》らすと隆史が笑う。ピンチョスを一つ二つつまみ、チャコリを飲み干し、店を出て次の美味しそうな店を探す。

「次はここ、入ってみる？　海鮮がオススメみたいだ」

「いいですね。入ってみましょう！」

気が向いたら、ふらりと店に入り、その店で気になったピンチョスやタパスを注文する。一杯飲んで、また店を移動する。美食の街として有名なサン・セバスチャンは、そんな食べ歩きを目的に世界から集まった人でいっぱいだ。

あれから半年。既に両方の親にも挨拶《あいさつ》済みで、婚姻届を出し入籍まで済ませている。三ケ月後に予定している結婚式は準備の真っ最中で、もちろん結婚相手は隆史だ。

勇人の時にはあれだけ話が進まなかったのに、隆史との結婚話はびっくりするほどスムーズに進んだ。もちろんそれは隆史が結婚に前向きだったことが、一番の理由だったのだけれど……

「私、隆史さんの家の人に、もうちょっと反対されるとか……なんかややこしいことがあるんじゃないかって、心配してたんですけど」

あれ以降すっかり意気投合したらしい京香と隆史の義姉である遙佳と、三人で食事に行った時に紗那が言うと、遙佳は肩を竦《すく》めて笑った。

「隆史さんは、昔から自分のやりたいことを、やりたいように進めていく、典型的な次男キャラなのよ。だから、家族も隆史さんは結婚相手だって自分で連れてくるだろうって思っていたみたい。まあお義父様だけは、結婚したらもう少し落ち着くんじゃないかって幻想を抱いている様子だけど……きっと隆史さんは変わらないわね」

「幻想……」

紗那は思わず笑ってしまった。会社では有能と評判の辣腕《らつわん》上司も、義理の姉にかかれば、あっという間に愛すべき弟分にされてしまうのだ。

「それに隆史さんは旅好きで、美味しいものを求めて、海外も含めてあちこち一人で歩き回っていたからね。人を見る目だけは間違いない。だから紗那さんは素敵な人だろうし、そんな紗那さんからも隆史さんを配偶者として選んでもらえて本当に有り難い、ってお義父様が言っていらしたわ」

「ああ……隆史さんのご実家にお邪魔した時に、『あの子は鼻だけは利くから、何も心配してないわ』ってお義母様もおっしゃっていました……」

母親にそう言われ、『俺は犬か』と笑いながら答えていた隆史を思い出し、また笑ってしまった。

頼りになる紗那の上司は、自分の家族の中では、両親やしっかり者の兄と義姉に囲まれて、意外にも自由闊達《じゆうかったつ》な次男キャラだということがよくわかった。

そしてそんな彼の素の部分も可愛いと思ってしまったのだから、我ながら惚れ込むと一途で周りが見えなくなるタイプなのは変わらないらしい。それに根っからの姉キャラだと言われる自分と、私生活では弟キャラの年上上司はプライベートでも相性が良いのだ、と実感することが多い。

そして最初は不安でしかなかった大手食品メーカーの創業者一族なんて肩書きを抜きに、単に大好きな人の家族として、隆史の両親や家族を見ると、けして堅苦しい人達ではない。マイペースな次男の個性をみんなで楽しんでいるような、可愛がっているようなそんな温かな空気だった。その上、自分も家族の一員みたいに、自然体でもてなしてくれたことが何より嬉しかった。

「それに、お義母様の作られる食事もめちゃくちゃ美味しかったし。ご馳走《ちそう》いっぱい用意してもてなしてくださって、本当に嬉しかったです」

「あ、あれ。渡辺家のできる家政婦、佐川《さがわ》さんの作ったご飯よ。お義母様、料理苦手だから」

そう言って遙佳はクスクスと笑う。そういえば、隆史も母は料理が苦手だと言っていた気がする。だから運動会のお弁当の話が出た時に、誤魔化したのだと後から聞いた。

どちらにせよ、紗那をもてなすために各地から取り寄せた美味しいものが並ぶ食卓に、紗那はテンションが上がりっぱなしだった。特に義理の父となる渡辺社長は、人に美味しいものを振る舞うのが好き、という現人神《あらひとがみ》のような人で、紗那はお腹がはち切れそうになるまで楽しませてもらったのだ。

「ふふふ。お義父様も、隆史さんのお嫁さんは食べっぷりも飲みっぷりも良くて、本当に嬉しそうに食べるから、ご馳走《ちそう》しがいがある、って喜んでましたよ」

「確かに！　紗那ってすごい幸せそうな顔で食べるよね」

遙佳の言葉に京香が笑う。

「やっぱり紗那は渡辺室長と相性がいいっていうか、色々合うのかもしれないね。結婚話がご実家含めてスムーズに進んだってことは、二人には縁があるってことじゃないの？」

良かったじゃん、と紗那の頼もしい友人は笑顔で頷く。

「あーあ、紗那も結婚しちゃうし、私もいい人探さないとなあ」

「あら、じゃあ誰か紹介しましょうか？」

にっこりと笑う遙佳に、京香は慌てて首を左右に振る。

「いやいいですよ。だって、仮にも親会社の次期社長夫人から紹介されたら、運命を感じられなかったとしても逃げられなくなりそうだし」

きっとそのコネクションを生かしたいと思う野心家タイプも多いだろうけれど、逆の考え方をする京香はやっぱり信用できる。そして冷静に判断して、不要ならきっぱり断れる彼女なら、変な男とは縁などできず、きっと良い相手が見つかるだろう。

「まあ、結婚は縁ですしね……紗那さんと隆史さんみたいに」

袖にされた側の遙佳はまったく気にしてないようで、そう言ってにこやかな表情をする。ふと、あのまま勇人と結婚していたら、どんな大変なことになっていたのか、と想像し悪寒を感じてしまった。

結局、あの後、里穂は退職願をプライドのために引っ込めることもできず、そのまま会社を辞職した。しかもあれだけラブラブだった勇人とは、大喧嘩《おおげんか》の末別れたらしい。しかもせっかくコネをフル活用して、無理矢理希望部署にねじ込んでもらったのに、それを相談もなく辞めてしまったせいで、父親との関係が悪くなり家まで飛び出したそうで、それ以降どうしているのか、誰も知らないのだという。

そして勇人の方は辞令通り地方に異動になり、なんとか例の被害女性とは示談が成立したものの、それ以外の会社内外で行ってきた問題行動が発覚し、永久に本社には戻ってこられないようだ。

また今後、業務上で何かあれば、速攻でクビにされるという紙一重状態らしい。

『まあもう二度と紗那さんに会わせたくないから、下手《へた》に辞められるよりミナミ食品で一生飼い殺しにしてもらって、ずっと地方にいてくれたらいいんじゃないかって思ってる』

とさらっと言った隆史のセリフは聞かなかったことにしておこうと思う（多分そうしようと思えば、いくらでもできる立場なのだろうし）。

というわけで、結婚式の前ではあるが、少しゆっくり時間が取れそうなこのタイミングで、婚姻届を出し新婚旅行に来ている。

行き先は、スペインのバスク地方、サン・セバスチャンだ。世界で一番ミシュランの星がついたレストランが密集している地域で、かねがね噂《うわさ》は聞いていたので、スペイン料理が好きな隆史に新婚旅行で行こうと誘われた時には、両手《もろて》を上げて賛成した。

バルセロナから飛行機で一時間。昼に着き、遅めの昼食を兼ねてバルをはしごし、今は昼食の締めとして、最近日本でもすっかりメジャーになったバスクチーズケーキを、元祖のお店で食べている。

「濃厚〜。香ばしくて美味しい」

「紗那さんはさっきからずっと美味しい、しか言ってないな」

そう言いながらも、隆史も大きな口を開けてチーズケーキを食べている。このチーズケーキを食べに世界各地から人が集まってくるだけあって、店内にはずらりと大量の焼き上がったチーズケーキが並んでいる。なかなか圧巻の光景だ。

ちなみにバスクチーズケーキが通常のチーズケーキと見た目からして違うのは、表面が黒くなるほど香ばしく焼き上げているところだ。その焦げの部分がビターな味わいとなって、さんざんピンチョスをつまんでお腹がいっぱいだった上、皿に盛られたケーキの量もまあまあ多いにもかかわらず、美味しくあっさりと食べてしまった。

「これからどうするんですか？」

食後、さすがに食べすぎたかも、ゆるめのウエストの服を着てきて良かったな、などと思いながら尋ねると、隆史はスーツケースを引いて歩き始める。

「まずはホテルにチェックインして、それから……少し腹ごなしをしないとな」

美味しいものを堪能《たんのう》して、お酒も少し入ってご機嫌になった後は、ホテルに荷物を預け、お腹を空《す》かせるために観光をする。

「どこ行く？　ビーチを見に行ってもいいし、大聖堂を見に行ってもいいし、市場に行ってもいい」

街の見所は、どこも徒歩で行ける範囲内にある。先ほど歩いてきた街の景観は、落ち着いた大人のリゾート地という感じだったし、どこも綺麗で治安も比較的良いらしい。

サマータイムで夜が長いため、ティータイムをとっくに過ぎていても、外は明るい。ただ移動が重なっているので、今からがっつり観光という感じでもなく、市場を冷やかしてから、歩き足りなければビーチを見に行こうという話になった。

「……さっきの牛肉とエビのピンチョス、美味しかったですね」

などと先ほどの料理の感想を言い合いながら市場を覗く。新鮮で美味しそうな海産物はさすがに旅行中に買ってもどうしようもないと、涙目でスルーした。それでも我慢できず、オシャレなパッケージに入ったオリーブオイルをお土産《みやげ》用と称して購入してしまい、バックパックで背負った隆史はその重さに苦笑していた。それから加工肉を売っているコーナーでふと足を止める。

「これ……買ったらダメかな……」

そう言って隆史が真剣に見ているのは、生ハムの原木だ。いや、木のように固くなるので原木と呼ばれている骨付きの生ハムの塊《かたまり》だ。レストランなどに置いてあるのはたまに見かけるし、生ハムの原木があれば、普通に買ったらちょっと高級なイメージのある生ハムが食べ放題だ。そして間違いなく生ハムは美味しい。お酒のつまみにも最高だ。

「そうですね。生ハムの原木があったら、人生楽しそうですね……」

一瞬頷きそうになって、はっと冷静さを取り戻す。うっかり頷いたら、多分ややこしいことになる、と気づけたのは、隆史と恋人として一緒にいるようになったからだ。

「いや、ダメですよ。高温多湿の日本の一般家庭では、生ハムは手に余りますって。第一、これ持って歩けませんよ」

冷静な紗那の判断に、一瞬悲しそうな顔をした隆史が、あっと声を上げる。

「配送してもらうとかできたら、職場のお土産《みやげ》に……」

確かに、食品メーカーの商品企画室にいるような人たちは、食への関心が高い人間が多い。とはいえさすがに隆史が冗談で言っているのは想像がついている。

（でも、なんとなくちょっとだけ本気の気もするんだよな……）

クールな顔立ちの中で、目だけキラキラさせている隆史を見て、うっかり了承したら冗談が本気になる、と紗那はわざと大きな溜め息をつく。

「……いやいやいや、冗談ですよね？　生ハムの原木が常駐している商品企画室、なんてアリだと思いますか？」

「いいんじゃないか？　こうネタに詰まったり、締切りに追われてしんどくなったりしたら、生ハムをカットして食べると心が穏やかになるっていうか。…………いや、そうしたらワインが欲しくなるな。つまり職場でパーティ？」

などと意味がわからないことを言い続ける彼の手を引いて、紗那は、「はいはい」と受け流しつつ、別の場所に移動する。隆史のこういう子供っぽいところも、恋人になって初めて知った部分だ。でもそれも自分しか知らない姿であり、可愛くて愛おしいと思ってしまったりしている。

つまり紗那は以前と比べて、好きな人をたっぷり甘やかしたいという欲求を満たしているし、隆史もそんな紗那を全力で受け入れてくれているのだ。つまり相性が良いと、隆史が告白の時に言ってくれたのが大当《あ》たりだった、というわけだ。

紗那は美味しいものを食べて見て、大好きな人と散歩して、幸せな新婚旅行を心から堪能《たんのう》する。

「市場ってその国や地域の特色が見られて興味深い。俺は旅行中毎回、市場を覗きに行くんだ」

隆史の言葉通り、知らない街の知らない市場はいつ見ても面白い。でもそれをお互いに興味深く見られるのは、紗那と隆史の趣味や興味が一致しているからだ。重たくなるので食料品はできるだけ買わないようにしようと言いつつも、またついつい何かしら買ってしまう。鞄がいっぱいになったところ、隆史が向こうを指さした。

「あそこにチュロスの店がある」

なかなか繁盛しているお店らしい。きっと美味しいのだろう、などと話していると、先ほどまでさんざん食べて、夕食までにお腹を空《す》かせるつもりだったのに、つい美味しそうなチュロスに食指が動きそうになった。

さすがに一人で一つずつ頼むのは厳しいので、コーヒーを二つとチュロスを一つ頼むという隆史に任せて、紗那は先に席に座って待っている。すると、やはり観光客なのだろうか、若い綺麗な金髪の女性が隆史に声をかけたようだ。隆史は足を止めて彼女と会話をしている。

（何、話しているんだろう……）

距離もあるし、会話の内容もよくわからない。外国人の美女と隆史が並んでいるのを見ていると、彼も高身長だしスタイルが良いから、映画のワンシーンみたいだ、なんて思ってしまう。

隆史と会話しながら、女性は気安く彼の肩に触れた。そうして様子を窺《うかが》うようにチラチラとこちらに視線を向ける。だがけして紗那と目線を合わせようとしない態度が、なんだか喧嘩《けんか》を売られているように感じて、妙にカンに障る。

隆史は困惑した表情を浮かべてさりげなく彼女から距離を取り、紳士的に対応している様子だけれど……

突然、その女性が隆史に抱きつき、紗那はぎゅっと心臓が締め付けられた気分になる。見たくない光景に、じわりと嫌な感覚が胸に込み上げてきた。

ガタンと音を立てて席から立ち上がり、彼の方に向かおうとした瞬間、女性は隆史に抱きついたまま、彼の頬に手を伸ばす。驚いた隆史は咄嗟《とっさ》に体を反らすが、それでも勢いは止められず、目の前で頬にキスをされてしまった。

「――っ」

咄嗟《とっさ》に声も出せず、怒りが込み上げてくる。それが隆史に対してなのか、その女性に対してなのかもわからない。

あの人、いったいなんなの、と紗那が声を上げる前に、隆史はその女性を置き去りにするようにして、慌ててこちらに戻ってきた。

「紗那、行こう」

「何があったの？」

咄嗟《とっさ》に足を止めると、向こうからさっきの女性がやって来て、ものすごい早口で何かをまくし立てている。何を言っているかわからないけれど、隆史に怒りをぶつけているようだ。

「……知り合い？」

「初めて会った人だ」

本当なの？　と彼を疑いそうになった瞬間、語気荒く叫ぶ彼女からふわりとアルコールの匂いがして、酔っ払っていることに気づいた。

「多分酔った勢いで絡まれた。彼氏と喧嘩《けんか》別れしたっぽいことを言っていたから俺と紗那が仲良さそうなのが気に入らなかったんだろう。今から自分と一緒に遊びに行こうって……」

隆史の言葉に事情を理解する。だが彼女は隆史の肩に手を置いて、馬鹿にしたような顔で紗那に何かを言ってきた。珍しく怒りを露《あら》わにした隆史が、彼女を止めると、彼女は一瞬ひるんだ。

彼の言葉の中に、『ポリシーア』という単語が聞き取れたから、スペイン語で警察を呼ぶと言ったのかもしれない。

女性は紗那に向かって最後、何かを言い捨てると靴音高くその場を立ち去る。紗那は現実感もなく、呆然とその後ろ姿を見送ってしまった。何を言われたのか、尋ねるために隆史を見ると、彼は苦笑を浮かべている。

「彼女、最後なんて言ったんですか？」

「……いや、知らなくていいよ」

そう答えた彼は紗那の手を取り歩き始める。でも先ほどの隆史が頬にキスされた絵が頭に残っていて、イライラが治まらない。隆史の手を掴み、足を止めさせ、彼の腕を引いて、腰をかがめるように言う。

「――え？」

驚く彼の頬を、鞄から取り出した除菌シートで思いっきりグリグリと拭くと、彼は驚いたように目を見開いた。

「……何しているの？」

「除菌です」

なんだかわからない怒りで顔を赤くしながら、紗那は鼻息荒くそう言い切る。次の瞬間、何故か隆史がふわぁっと嬉しそうに笑う。

「……なんですか、その顔」

「いや、そんな風に紗那さんに全力で、ヤキモチ焼かれるのって……初めてだな」

妙にニコニコ笑われて、調子が狂う。そんな紗那の手を引いて、隆史が歩き始める。ぎゅっと握られる手に少しずつ安心感が戻ってきた。あんな美人に迫られても隆史は揺らがない。彼は勇人とは違う。きっと勇人だったら、ついて行かないまでも、ニヤニヤして紗那に余計なことを言っただろう。

「隆史さん、あんな綺麗な人に誘われたら、ちょっとくらい気持ちが揺らぎません？」

詳しくはわからないけど、さっきの綺麗な人は、『こんな女より、私の方がいい女でしょ』とか言ったんじゃないだろうか。それだけは女のカンで確信している。

「なんで？　俺、紗那さんと新婚旅行を楽しんでいるのに、どうして他の人に気持ちが揺らぐの？意味がわかんないな」

なんの衒《てら》いもなくそう答えるので、紗那は彼と一緒にいるようになって得られた安堵感を再び覚える。それなのに、彼が悪いわけではないとわかっていても、なんだか納得できない気持ちも残っている。

ふと気づくと、見覚えのある道に戻っていた。この後ちょっと遠いけれど、ビーチを見に行こうと話していなかっただろうか。そちらからは離れているような、と思っていた紗那は、目の前の景色に声を上げる。

「いったん、ホテルに戻るんですか？」

そこは先ほど荷物を預けたホテルだった。紗那は隆史が担いでいるバックパックがパンパンなのを見て納得する。

「ああ、荷物を下ろしにね」

その言葉に頷いた紗那は彼と一緒に部屋に戻る。

スペイン王室御用達《ごようたし》でもあるここはサン・セバスチャンでも由緒のある美しいホテルだ。部屋からはウルメア川が見える。この川の水はビスケー湾に流れ込むのだ。

川と共にヨーロッパらしい町並みが窓から見えた。改めて風情《ふぜい》があるなあ、などとつい景色に見とれる。

「紗那さん……」

荷物を置いた隆史は、そんな紗那の肩を抱く。

「あ、出かけますか？」

振り返って満面の笑みで尋ねた紗那の前で、彼は一瞬天井を見るように顔を上げて、うーんと小さく唸る。

「……俺としては、別の腹ごなしを提案したい」

「別の？」

紗那が尋ねると、彼は悪戯《いたずら》っぽく笑う。

「さっきの人、俺の肩とか色々触っているから、俺としては、紗那さんにさっきみたいに除菌してほしい」

顔を覗き込んで言われて、紗那は一瞬声を失う。さっきの光景をつい思い出してしまって、ムッと苛立《いらだ》ちが込み上げてくる。もちろん酔っ払いに絡まれた隆史が悪いわけではないことも、わかってはいるのだ。

「……どうしたらいいんですか？」

そこまで思い出してしまったら、気分を変えるには除菌一択だろう。なんて思いながら、じっと彼の顔を見て尋ねる。

「除菌と言ったら、まずは風呂だな。一緒に入ろう」

「え？」

それ以外、どういう選択肢があるんだ？　と言わんばかりの顔で、彼は紗那の手を取ってバスルームに向かう。しかも隆史は何故か鼻歌を歌いそうな勢いで、紗那の服を脱がせていく。

「え、あのっ、除菌される隆史さんじゃなくて、なんで私が脱がされるんですか」

慌てて、彼の手を捕らえるとニッとどこか悪そうに笑う。

「自分の手で除菌した方が安心だろう？　だったら一緒に風呂に入るのが一番だ」

「だ、だとしても、脱ぐのくらいは自分でやります！」

「いーや、俺が脱がした方が速い」

紗那が動揺している間にさっさと服を脱がせると、隆史も自分の服を脱いでしまう。こうしてバスルームで、二人でシャワーを浴びる羽目になった。バスタブもシャワーもあるし、十分綺麗で広いけれど日本のお風呂とは違うので、二人でシャワーとなると、くっついて浴びるような格好になる。

「紗那さん、俺は他の女性に目移りしないし、紗那さんと一緒にいたいって思ったから今こうしているんだ。そこだけは信じてほしい」

シャワーを浴びながら真面目な顔で告げられ、そっと頬を撫《な》でられた。それだけで逆立っていたベルベット生地を正しい方向に撫《な》でたみたいに、苛立《いらだ》ちが宥《なだ》められたような気がする。

そのまま抱き寄せられて、唇が触れ合う。優しく何度かキスをして、とろんと理性が溶けかけたところで、彼が紗那の唇を撫《な》でながら囁《ささや》く。

「さっきの紗那さんは本当に可愛かった。自分でも意地が悪いなとは思うけど、ヤキモチ焼いて、ムッとしているの、最高に可愛い。可愛すぎて、すぐにホテルに連れ帰りたくなった」

「え？　ええ？」

それってどういう意味か、なんて今の彼の行動を見たらわからないわけない。でもなんだかとても嬉しそうな彼を見て、紗那は複雑な気持ちになる。紗那だって理解している。隆史は悪くないのだ。

それでもやっぱりヤキモチを焼いてしまう自分は明らかに心が狭いと思う。しかし頭で理解していても、なんとなく苛立《いらだ》ちは残る。だから手を伸ばし、濡れた手でそっと彼の頬を包んだ。

「だって……隆史さんは私のものですから」

たまらない気持ちになって、紗那は隆史をじっと上目遣いで睨む。睨まれたくせに隆史はまた嬉しそうに頷く。

「だったら、やっぱり紗那さんが自ら消毒しないとね」

そう言うと彼はシャワーを止めてボディーソープを渡してきた。つまりこれで紗那に洗ってほしいということだろうか……

（なんか、こんな昼間からだけど……）

なんだか少しだけ背徳的な気持ちになる。でも新婚旅行なのだ。自分が感情のまま、彼を望んでもきっと許されるはず。それに隆史だって、もう火のついたような目をしているのだから。

とろりとした乳白色のボディーソープを手に取り、両手で擦り合わせ手のひらに広げる。その手を使って、彼の肩の辺りに触れる。スタイルの良い彼は服に隠されている印象より、ずっと広く鍛えられた肩をしている。触れて確かめると、濡れた彼の肌はソープをまとった手のひらに吸い付くようだった。

「隆史さんのこと、どんな美人さんが欲しがっても絶対にあげませんから」

彼女が触れたのは、このあたりだっただろうか。そんなことを思いながら口にした言葉に煽《あお》られるように、紗那は胸の奥に情欲の炎を灯す。

「隆史さんは私だけのものなんです。一生」

ゆっくりと彼の肌にソープを塗り込んでいく。自分が触れただけ、彼が自分のものになっていくような妙な高揚感に浮かされている。

肩に触れ、何度もソープを手に取り、胸に腕に、それから引き締まった腹部まで指を滑らせると、嫌でも雄々《おお》しく屹立《きつりつ》したものが目に入る。一瞬恥ずかしくて目を逸らしたけれど、それだけ触れないのもなんだか不自然な気がして、そっと手のひらで包み込む。

「んっ……」

ビクンと体を震わせて息を詰まらせ、微かに首筋を赤くした彼にじわりと欲望が湧く。それに彼の中心で硬く勃《た》ち上がっているのは、自分が触れているせいなんだと思うと、ゾクゾクするような悦《よろこ》びが込み上げてくる。思わず膝をついて両手で包み込む。彼の形を手のひらで確認するようにじっくりと撫《な》で上げると、途端にぐぐっと硬さを増して、紗那の手から逃げ出すほど反り上がる。

「あぁ、紗那さん……」

甘えるように名前を呼ぶ彼の呼吸が乱れた。

「……気持ちいい？」

見上げて尋ねると、彼は照れたのか自分の顔を手で覆ってしまう。手で隠しきれない耳や首筋がどんどん真っ赤になっていく。

「最高に。視覚的にも……たまらない」

チラリと指の間から紗那の様子を見て、掠《かす》れた声で彼が呟く。そんな反応に胸がキュンと高鳴る。

そのままもう一方の手は彼の臀《でん》部《ぶ》の方に回し、両手で撫《な》で上げていると、突然その手を取られた。引き上げるようにされて、紗那は再び立ち上がる。

「背中の方も洗ってくれるか？」

そう言いながら隆史は自分もソープを手に取り、紗那のお尻を包み込むように向かい合わせに抱き込んだ。

「あ、ぁ、やんっ」

ソープを塗りつけられ反り立つそれが、紗那のお腹の辺りに触れる。慌てて彼の顔を見上げると、唇がまた降ってくる。キスを受け入れると、あっという間に唇を割られ、口内に彼の舌を受け入れる。

舌を絡められ柔らかく刺激されつつ、お尻を包み込んでいた大きな手が撫《な》で回すように動き始めると、あっという間にお腹の奥まで疼《うず》きが高まってくる。まるでダンスでもするように全身で密着して、緩やかに揺らされ、彼の体に塗られていたソープのせいか、溶け合いそうな感覚に陥《おちい》る。

（それに……っ）

彼は先ほどより腰を落とし、わざと硬くなったそれを押しつけた。その上で紗那のお尻をしっかり抱き、逃げられないようにしてから、紗那の感じやすい芽にわざと当《あ》たるように腰を揺らす。

「あっ……それ、ダメ……コリコリ、するっ」

「紗那さん、このとろみは石鹸じゃないな。それにココ、感じてすごく硬くなってる。気持ちいい？」

一瞬唇を離し、欲望に溶けた目で見つめながら、隆史は紗那に尋ねる。恥ずかしくてカッと熱が込み上げてくる。

「隆史さん、意地悪っ」

「その睨んでいるつもりの目が、最高なんだけど。紗那さんは本当にエロいなあ。ちょっと前まで、感じられないとかエッチが下手《へた》とか言ってたけど、俺とするようになったら、すごく上手になった」

そう言いながらも、一瞬腰の動きを止めるから、つい物足りなくて自分から腰を振ってしまっていた。

「ほら、腰の振り方もめちゃくちゃイヤラシくて上手だ。俺のに吸いつくみたいだな」

キスの合間にエッチなことを囁《ささや》かれて、どうやったら気持ち良くなるかしか、考えられなくなっていく。彼とするといつだってこんな風になってしまう。

「隆史さん、気持ちいい……の。もっとキス、して」

とろんとしたような口調で、もう一度彼のキスをねだる。イヤラしいことを正直にねだれるようになったのも、彼に自信をつけてもらったおかげだ。

「紗那さんは素直で可愛い」

彼は欲に溶けた表情のまま、いつものように愛おしげな笑みを浮かべて、紗那を抱きしめキスをする。彼の硬い胸に胸の先が擦られて、熱が全身に広がっていく。気持ちいいところが全部、彼に触れて刺激されて、いつもは内に秘められている官能がどんどん高まっていく。

「紗那さん、もっと気持ち良くなりたい？」

尋ねてくる彼に頷くと、彼はカランを回し紗那にシャワーを浴びさせる。ソープのとろみがなくなると、今度は紗那の頬を撫《な》でて、顎《あご》から首筋に舌を這《は》わせた。

そのままベッドに連れて行かれると思っていたが予想外の彼の動きに、それでも感じてしまった紗那はビクンと体を震わせる。

「何をするんですか？」

もうお腹の中が熱くて、早く彼が欲しいのに。そう思いながら尋ねると、彼は小さく笑う。

「水気を取ってからベッドに連れていこうかと思って」

そう言いつつ、肌に残る雫《しずく》を舐め取るように舌を動かす。温かくて淫《みだ》らな彼の舌の感触に、甘く吐息を震わせる。

「タ、タオルがあるのに……」

脱衣スペースにはガウンとタオルが置かれている。ちらりとそちらに視線を向けると、彼は濡れた唇を舐めて、艶《つや》っぽい流し目を送った。

「紗那さんについた美味しい雫《しずく》を、タオルに吸わせるのはもったいない」

それだけ言うと、今度は紗那の髪の毛の先についた雫《しずく》を吸い取る。

「ちょ……変態っぽい」

思わず声を上げると、隆史はクスクスと笑った。

「……何をいまさら。一年半も執着しまくって、やっと手に入れた最愛の妻なんだ。変態だろうがなんだろうが、紗那さんが嫌じゃなくて、犯罪じゃなければ、全く問題ない」

「……開き直った変態だ……」

「変態にこんなことされて、感じちゃっている紗那さんも同類だな」

言い返すと、彼は楽しそうにクツクツと笑い、再び雫《しずく》を舐め取る作業に精を出す。

「は、ぁあっ……んっ、そこっ」

先ほどの紗那と交代するように、膝立ちになった彼が、ちゅ、と音を立てて吸いついたのは、すでに硬く立ち上がった胸の先端だ。紗那が視線を向けた途端、隆史は見せつけるように舌を細く伸ばし、淡く色づいたそこを美味しそうにちろちろと丹念に舐める。

「も、そこっ、雫《しずく》、もう、ついてないっ」

「なかったら舐めたらダメ？　紗那さん、ここ弄《いじ》られるの、大好きだよな」

そう言うと、ちゅうっと吸い上げられて、その先を舌で転がされる。たまらなくて、甘えるように声を上げてしまう。お腹の奥が再び、きゅうっと疼《うず》いた。姿勢がふらついたのを見て、バスタブに腰かけさせられ、彼の肩に手をついて愉悦《ゆえつ》を堪《こら》える。姿勢が安定したのを見て、彼は感じて張り詰めた胸を撫《な》で回し、揉《も》みたて、その先を吸い上げて、時折甘噛みする。

「あぁっ、ダメ、も、気持ちいいっ」

彼の頭にすがりつき、淫《みだ》らな愛撫《あいぶ》を受けていると、彼が小さく笑い、顔を上げてくるのでその唇にキスを落とす。ちゅちゅ、と唇を合わせている合間にも、彼は胸を撫《な》で、そのまま指を下腹部に滑らせていく。

「ここにも雫《しずく》が一杯だ……」

艶《つや》っぽく笑う彼が、紗那の脚を広げさせて、閉じられていた部分を開く。

「あぁっ……」

開かれる感覚に、次の官能を期待し、甘い吐息が漏《も》れる。彼に何度も抱かれて、こうされたら後は快楽を与えられることが、もう体に教え込まれている。

「……いや、ここは雫《しずく》じゃなくて……甘い蜜が一杯だな」

両手で大きく秘部を開かれて、恥ずかしさと同時に、ゾワリとするような淫《みだ》らな期待が高まる。

「紗那さんのここ、すごく硬くなっている。さっきからさんざん刺激されてたのに、直接弄《いじ》ってなかったから……」

彼はクツリと笑うと、その周辺に舌を走らせて、紗那が喘《あえ》ぐのを確認する。

「紗那さん、一番気持ちいいところ、今からたっぷり刺激してあげる」

紗那の官能を煽《あお》るように、欲望に駆られた声で囁《ささや》くと、彼は上目遣いにこちらを見ながら、既に硬く立ち上がり、皮膜を剥《む》かれ剥《む》き出しになったそれに、じゅっと音を立てて吸いつく。

「ひゃぅ！」

瞬間、頭の中に火花が散る。ビクンと体が震え、一瞬で昇りつめてしまったことに気づく。

「……いい子すぎて、一瞬でイっちゃったな」

彼は雄っぽい笑みを浮かべ、もう一度そこに吸いつく。

「やぁっ、ダメ。そこっ」

感じすぎて敏感になったところを刺激され、思わず逃げようとした腰を彼が押さえ込む。もう一方の手で紗那の中に緩やかに中指を差し入れる。ずっと物足りなかった中が刺激され、たまらなくてきゅうっとそこが収縮した。

「紗那さんのここ、本当にヤラシイ動き方をするよな。中でぐにゅうってうねって俺の指を締め付けてくる」

じっくりと舐《ねぶ》るように差し入れた指を、切ないほどゆっくりと挿抜《そうばつ》する。中が擦れて気持ちいい。快感に身を震わせる紗那の感じやすい芽の裏側のあたりを、彼は内側から丹念に刺激する。

「あっ、はぁ、ぁ、そこ……っ、好きっ」

その度《たび》に浴室の中に、淫《みだ》らな水音と、紗那の切ない声が上がる。

しかも指で刺激するだけでなく、先ほどみたいに硬くなった芽を口に含み、舌でペロペロと舐められて、きゅんきゅんと中が波打ち、その度《たび》に官能が階段を駆け上がるように高まっていく。

「はぁっ……も、っちゃ、うの、イっちゃう〜〜〜〜」

恥ずかしい声を上げて、再び溢《あふ》れ出す愉悦《ゆえつ》のままに、絶頂に達してしまう。快楽が血液に乗って全身を駆け巡り、紗那は自然と背を反らし天井を見上げて、ヒクンヒクンと体を震わせていた。

「紗那さん、気持ち良かった？」

そう尋ねると、彼は膝立ちで伸び上がり、そっと紗那の顔を撫《な》でる。恥ずかしいけれど、こくんと頷いて、蕩《とろ》けた顔を彼に向ける。

「すごく……気持ち良かった」

答えつつ笑顔を見せると、彼は何かに耐えるようにクッと唇を噛みしめ、紗那の手を取り、浴槽から外に連れ出す。そのままベッドに連れていかれるかと思ったら、洗面台の前で紗那の手を取り、その場に両手をつかせた。

「あ、あの？」

驚いて彼を振り向くと、ちゅっと小さくキスをされる。

「前見て、脚開いて。紗那さん。今から挿《い》入れるから」

「え？」

目を輝かせて前を見てすぐ、欲情した彼が紗那の腰を抱いて、硬くなったそれを宛《あて》がう。

「紗那さん、もうぬるぬるだ。こうやって擦っていたら、自然に挿入《はい》るよ」

そう言いながら、隆史は角度を定め、紗那の入り口を撫《な》でるようにゆっくりと抽送する。

「このままだと、赤ちゃんできるかもしれないけど……紗那さんは嫌？」

嫌だと言えないように、紗那の敏感な耳朶《みみたぶ》に舌を這《は》わせ、耳元で囁《ささや》く。紗那は隆史の声が好きだ。それだけで頭がぼーっとなる。

「今妊娠しても、産休前に今の企画は軌道《きどう》に乗るし、俺としては、紗那さんが俺の子供を産んでくれたらすごく嬉しいんだけど。もちろん、産休後復帰するつもりなら、家事育児も全力でサポートするし」

淫《みだ》らに腰を揺らして、紗那の感じやすいところをたっぷりと擦り立てながら、紗那の理性を折ろうとする。さすがに直属の上司だ。仕事のスケジュールに関しては完璧に把握している。

「隆史さん……ずるいっ」

気持ち良くて、頭が働かない。喘《あえ》ぎ混じりに力ない反撃の言葉を口にすると、鏡の中の彼は紗那の目をじっと見て、真剣に告げる。

「俺は紗那さんが好きだ。紗那さんが一生俺から逃げられないようにしたい。そのためならなんでもする」

熱っぽい瞳は、情欲だけでなく、深い愛情も内包している。紗那は鏡越しの彼の瞳を見つめていた。

「それに、俺と紗那さんの子供が見たい……」

後ろから紗那のうなじに舌を這《は》わせ、鏡越しに上目遣いで見る目は色気がダダ漏《も》れで、視線だけで理性を粉々にされそう。ゾクゾクと愉悦《ゆえつ》が背中を這《は》い上っていく。何もされていないのに、淫《みだ》らな喘《あえ》ぎに近い呼吸が唇から溢《あふ》れる。

「貴女のすべてが欲しい。大切に愛おしむから……」

欲と愛情の狭間《はざま》のような懇願《こんがん》に、胸が甘く震える。紗那は視線を上げて鏡の中の彼の目を再びじっと見つめる。小さく肯定の笑みを浮かべると、彼は洗面台についた紗那の手をぎゅっと握りしめ、もう一方の手で腰を抱いて、紗那の中に入ってきた。

「ありがとう、紗那さん」

「ああっ」

心も体も愛されて、それだけで達してしまいそうな程の快感が全身を貫く。紗那の手を握る彼の手に力が込められる。

「は、ぁあっ……隆史さん、大好き」

気持ちが唇から溢《あふ》れ出る。彼は一瞬息を呑むと荒く息をついた。それだけで彼も心と体で感じていることが伝わってくる。

「あぁ、紗那さん……最高だ」

性急に動いた彼は、いったん攻めを緩め、紗那の中を確認するようにゆっくりと穿《うが》つ。

「紗那さん、愛してる」

ストレートな愛の言葉を囁《ささや》くと、腰を抱いていた手は前に回されて、さらに紗那を感じさせようと敏感な部分を這《は》い回る。中と外を同時に弄《もてあそ》ばれて、込み上げる愉悦《ゆえつ》にたまらずに腰を振ってしまう。

「ああ、紗那さんって、後ろから抱かれると、こんな表情をしているんだな」

艶《つや》やかな溜め息と共に告げられた言葉に、つい視線を上げてしまう。鏡の中、後背位で彼に抱かれている自分の淫靡《いんび》な表情が、明るい室内ではっきり見て取れてしまう。その顔は見たことがないほど色っぽくて幸せそうで。

「やだっ……」

羞恥《しゅうち》に逃げ出したい気持ちになった瞬間、洗面台の上で重ねた手を強く握られる。

「……逃がさない。あの日、貴女を捕まえた日に、そう決めたから」

鏡越しにじっと見つめる猛禽類《もうきんるい》のような鋭い視線に、捕食される甘い誘惑を感じる。とろとろと蕩《とろ》けた体が硬くて熱い杭で貫かれ、体中が悦《よろこ》びに打ち震える。

「あ、あ、ぁあっ」

その視線に支配されるように、官能が高まっていく。気持ち良くてたまらなくて、崩れそうな体を必死に支えて、紗那は悦《よろこ》びの声を上げ続ける。

首筋に唇が押しつけられ、キツく吸い上げられた。その痛みすら快楽にしかならない。

「やぁ……っ、またっ……っちゃうの、ダメダメっ」

ガクガクと膝が震えて崩れ落ちそうな体を彼が抱え直す。グッと狭まった距離で深いところに彼が収まったまま、小刻みに腰を揺らされ、あっという間に果てが近づいてくる。

「紗那さん、イっていいよ……」

その言葉にカクカクと頷きながら、中でより一層大きくなった彼自身を感じ、紗那は愉悦《ゆえつ》の奈落で達していたのだった。

　その後、ベッドに連れていかれた。まだ達していなかった彼は、ベッドに横たわる紗那の脚を抱え上げると、そのまま彼女の深いところまで一気に襲いかかる。自分の体を支える必要がなくなった紗那は、彼の逞《たくま》しい首筋にしがみつき、絶え間ない愉悦《ゆえつ》の中でひたすら啼《な》く。

「好き、気持ちいいの……ぁあっ、も、気持ち良くて、たまらない……」

　悦楽に溺れて、喘《あえ》ぎつつ快感だけを伝えると、彼は紗那の腰を折るようにして、さらに深いところまで彼自身を押しつける。

「奥、気持ちいい？　今、この位置で出したら、すぐに子供ができそうだな……」

　耳元で囁《ささや》く蕩《とろ》けるような声に扉を開かれ、次の絶頂がすぐに訪れる。

「……俺、紗那さんを孕《はら》ませたい」

　執着の強い言葉を嬉しく思ってしまうのは、自分もそれだけ彼のことが好きだからだ。彼の唇に自ら唇を寄せてキスをする。舌を絡ませ合い、互いの雫《しずく》を嚥下《えんげ》した。どこもかも混じり合って溶けていきそうで。中と口内がどちらも彼で満たされて、すべてが彼のものになっていく。

　子宮まで彼のもので満たされたら、最高に気持ちいいだろう。

「私、隆史さんの子供、欲しい」

　そう囁《ささや》いた瞬間、ぶわりと彼の体温が上がった気がした。中がより熱く硬く大きくなる。それが動く度《たび》に、ぐちゅぐちゅと水音がする。恥ずかしい程感じている自分は、まるで昔の自分とは全く違う存在に生まれ変わったような気がした。とろとろと溶ける愉悦《ゆえつ》の中で、もう彼しか感じられなくなっていく。

互いに高まっていく鼓動と呼吸に素直に従うと、絶頂が紗那たちを待っていた。

＊＊＊

「……今、何時頃ですかね」

隆史の腕の中でまどろんでいた紗那が目を覚まし、そう尋ねる。隆史は咄嗟《とっさ》に時計を確認した。

既に夜八時を回っていた。まだ外で食事をすることも可能だし、ホテルのルームサービスを頼むことも可能だ。

隆史は紗那の顔を見ながら、プランをいくつか検討する。食の街に相応《ふさわ》しく、このホテルのルームサービスも相当レベルが高い。このままホテルにいれば、紗那をもう少し味わえるかもしれない。

それに……

「んっ……」

身じろぎをした紗那が、微妙な顔をする。

「どうしたの？」

尋ねると、一瞬顔を赤くして困ったような表情をした。

「中で出したのって初めてで……」

耳元で『動くと零《こぼ》れちゃうんです』とか言われて、反応しない男なんていないだろう。すぐにガバリと紗那にのしかかってしまう。

「ハネムーンベビーを狙うなら、もう一度塞いだ方がいいな」

完全に彼女に馬乗りになり、上から顔を覗き込むと、紗那がまた困ったような顔をした。

「あの……さっき、アレコレで言えなかったんですけど……」

押し倒されたままの状態で、紗那がもじもじと何かを言おうとして、言葉を止める。なんとなく色っぽい空気だったのが、微妙にずれた気がする。

「……何？」

「あの、実は今回の旅行の前から、ピル、飲み始めてて……」

その言葉に一瞬、頭の回転が止まった。

「……ごめんなさい。だから今回のでは、子供、できませんっ」

慌ててベッドに起き上がり、ぺこりと頭を下げる彼女に思わず声を上げる。

「え、え、ええええええええっ」

「いやだって、今、上司もちゃんと評価してくれる人になって、仕事も面白くて。もう少し仕事しっかりしたいなって気持ちもあって。それに隆史さんとエッチすると、理性飛びがちだし、きちんと自分のことは自分でコントロールした方がいいかなって……先に相談しようと思ったんだけど、旅行前、お互い忙しすぎたし……ごめんなさい」

申し訳なさそうに謝る彼女を見ていたら、なんだかおかしくなってきた。

確かに彼女に子供を産んでほしいのは間違いないし、それで彼女を自分の元に引き留められるかも、なんていう願望もあったかもしれない。

甘い期待をあっさりと覆《くつがえ》されて、でもそんな風に自分の生き方を選んでいく紗那だから好きになったのだ、と隆史は改めて思う。

「……そうか」

笑いが込み上げてきて、くつくつと笑っていた。

「……笑うところですか、そこ？」

きょとんとした顔をしている紗那が可愛くてたまらない。今すぐ彼女との間に子供が欲しいと思ってはいた。それでも……

「紗那さんが自分も欲しい時に教えてくれたらいいよ。もちろん子供が欲しくないっていう選択肢もあるだろうから、その時は相談して」

そうだ、自分が一番欲しいのは、彼女なんだ。改めて自覚する。それも普段通りの自然に笑う、隆史の好きな、一番彼女らしい彼女が欲しいのだ。

「……ま、それだったらこれから安心して、好きなだけ中出ししても許されるってことだよな？」

気分を切り替えるのは得意だ。一瞬で思考を切り替えてそう尋ねると、彼女は真っ赤になって文句を言う。

「そういうことじゃないっていうか、その言い方！」

ちょっと怒っている彼女も可愛い。くすくすと笑いながら、紗那の唇にキスする。

「ところで、今日はこれからどうしたい？」

今から彼女を抱いても、食事に出ても、二人でのんびりしてもいい。

大切なのは、彼女と過ごす時間はいつでも幸せで、いつでも楽しいということだ。隆史は彼女と幸せな時間を過ごすために、紗那を手に入れたのだから。

「そうですねえ。じゃあ、隆史さん、プレゼンしてください」

クスクス笑う彼女に、今夜の過ごし方をプレゼンすることにする。

（個人的には、このままイチャイチャエロエロしつつ、ルームサービスプランを推したいところだけど）

ただまあ、すべての決定権は愛おしすぎる彼女にある。

「惚れた弱みだな……」

「え、なんですか？」

「いいや、じゃあ、俺の思惑を通すために、Ａ案からプレゼンすることにする」

「思惑？」

さて、今夜、彼女が選ぶのは、果たしてどのプランだろうか？

（どのプランでも、彼女と過ごせば最高の時ってこと）

隆史はそう思いながら、目の前のようやく手に入れた大切な宝物を見つめたのだった。

〜大人のための恋愛小説レーベル〜

ETERNITY
エタニティブックス

ETERNITY エタニティブックス Rouge

エタニティブックス・赤

人命救助で甘い一夜!?
死亡フラグを回避すると、毎回エッチする羽目になるのはどうしてでしょうか？

当麻咲来《とうまさくる》

装丁イラスト／夜咲こん

人の死とその原因を予知できる亜耶はある日、憧れの課長が帰宅中に事故死することを知る。このまま帰らせたら、彼が死んでしまう！　そう思い、なんとか課長を引き留めていたら……誘っていると勘違いされ、彼に抱かれてしまった。焦ってなかったことにしようとした亜耶だったが、その後も課長に死亡フラグは立ち続け、そのたびにエッチする羽目になって――!?

※エタニティブックスは大人の女性のための恋愛小説レーベルです。ロゴマークの色で性描写の有無を判断することができます（赤・一定以上の性描写あり、ロゼ・性描写あり、白・性描写なし）。

詳しくは公式サイトにてご確認ください。
https://eternity.alphapolis.co.jp/

携帯サイトはこちらから！

〜大人のための恋愛小説レーベル〜

ETERNITY
エタニティブックス

イケメンの本気に甘く陥落！
不埒な社長と熱い一夜を過ごしたら、溺愛沼に堕とされました

ETERNITY エタニティブックス Rouge

エタニティブックス・赤

加《か》地《じ》アヤメ

装丁イラスト／秋吉しま

カフェの新規開発を担当する三十歳の真白《ましろ》。気付けば、すっかりおひとり様生活を満喫していた。そんなある日、思いがけず仕事相手のイケメン社長・八子《やこ》と濃密な一夜を過ごしてしまう。相手は色恋に長けたモテ男！　きっとワンナイトの遊びだろうと思っていたら、容赦ない本気のアプローチが始まって!?　不埒で一途なイケメン社長と、恋愛脳退化中の残念OLの蕩けるまじラブ！

※エタニティブックスは大人の女性のための恋愛小説レーベルです。ロゴマークの色で性描写の有無を判断することができます（赤・一定以上の性描写あり、ロゼ・性描写あり、白・性描写なし）。

詳しくは公式サイトにてご確認ください。
https://eternity.alphapolis.co.jp/

携帯サイトはこちらから！

恋愛小説「エタニティブックス」の人気作を漫画化!

漫画　権田原
原作　にしのムラサキ

勤め先が倒産した日に、長年付き合った恋人にもフラれた凪《なぎ》子《こ》。これから人生どうしたものか……と思案していたところ、幼馴染の鮫《さめ》川《かわ》康《こう》平《へい》と数年ぶりに再会する。そして近況を話しているうちに、なぜか突然プロポーズされて!?　勢いで決まった(はずの)結婚だけれど、旦那様は不器用ながら甘く優しく、とことん妻一筋。おまけに職業柄、日々鍛錬を欠かさないものだからその愛情表現は精力絶倫で、寝ても覚めても止まらない!　胸キュン必須の新婚ストーリー♡

B6判　定価:704円(10%税込)　ISBN 978-4-434-31630-2

この作品に対する皆様のご意見・ご感想をお待ちしております。

おハガキ・お手紙は以下の宛先にお送りください。

【宛先】

〒150-6008 東京都渋谷区恵比寿4-20-3 恵比寿ガーデンプレイスタワー 8F
（株）アルファポリス　書籍感想係

メールフォームでのご意見・ご感想は右のQRコードから、
あるいは以下のワードで検索をかけてください。

アルファポリス　書籍の感想　検索

ご感想はこちらから

辣腕上司《らつわんじょうし》の極上包囲網《ごくじょうほういもう》
～失恋《しつれん》したての部下《ぶか》は、一夜《いちや》の過《あやま》ちをネタに脅《おど》され逃《に》げられません。～

当麻咲来（とうまさくる）

2023年2月28日初版発行

編集－反田理美
編集長－倉持真理
発行者－梶本雄介
発行所－株式会社アルファポリス
〒150-6008 東京都渋谷区恵比寿4-20-3 恵比寿ガーデンプレイスタワー8F
TEL 03-6277-1601（営業） 03-6277-1602（編集）
URL https://www.alphapolis.co.jp/
発売元－株式会社星雲社（共同出版社・流通責任出版社）
〒112-0005 東京都文京区水道1-3-30
TEL 03-3868-3275
装丁・本文イラスト－spike
装丁デザイン－AFTERGLOW
（レーベルフォーマットデザイン―ansyyqdesign）
印刷－株式会社暁印刷

価格はカバーに表示されてあります。

落丁乱丁の場合はアルファポリスまでご連絡ください。

送料は小社負担でお取り替えします。


ISBN978-4-434-31634-0 C0093